Famille à l'essai.com
3. Les Plimpier

Vincent Cordonnier

Illustrations de Zelda Zonk

Magnard Jeunesse

Découvre vite les premières aventures
de Coquelicot Ploum !

Couverture et illustrations intérieures de Zelda Zonk

www.magnardjeunesse.fr

ISBN : 978-2-210-96336-8
Dépôt légal : septembre 2017

Chapitre 1
Creuse et Patagonie

Je m'appelle Coquelicot Ploum. Je sais que mon nom amuse souvent. Mais moi, je ne l'ai jamais trouvé particulièrement drôle. C'est mon nom et voilà tout, même si mes amis me surnomment souvent Coki. Est-ce que ça me dérange ? Est-ce que j'en ai honte ? Au contraire, j'en suis très fière, d'autant que je suis sans doute la dernière des Ploum… Oui, car je n'ai ni frères ni sœurs, et j'ai perdu mes parents. Dans un accident d'avion il y a trois mois, pour être précise.

Auparavant, je vivais heureuse, et « orpheline » n'était qu'un mot parmi d'autres dans le dictionnaire. Mon existence d'avant s'est achevée brutalement, et « orpheline » est aujourd'hui l'adjectif qui me qualifie le mieux… J'ai dû quitter notre appartement pour aller vivre chez Joseph Tourtour, l'unique frère de ma mère que je n'avais jamais rencontré. Après des débuts difficiles, je crois pouvoir dire que nous nous entendons plutôt bien, même si le vieux Jo est incapable de s'occuper de moi correctement. Il est tellement distrait qu'il peut même oublier ceux qui vivent avec lui ! Difficile à imaginer, n'est-ce pas ?

Après avoir passé quelques semaines chez lui, la juge Farçon, en charge de ma tutelle, a pensé qu'il valait mieux me trouver une vraie famille. C'est là que j'ai décidé que j'avais mon mot à dire. Grâce à Bernadette, ma meilleure amie qui habite Hong Kong, j'ai découvert un site Internet où il est possible de choisir sa famille d'accueil : *famillealessai.com*. La juge a fini par se laisser convaincre de l'utiliser…

Me voilà donc dans le cabinet de la juge Farçon, coincée entre mon oncle Jo et Carl-Philippe-Emmanuel Ru, dit Manu, mon psy. Et pour une fois, tout le monde est à l'heure !

— Nous sommes ici réunis pour trouver une nouvelle famille d'accueil à Coquelicot, commence la juge. À sa demande, et avec notre accord, nous utiliserons à nouveau le site *famillealessai.com*. Je tiens néanmoins à ce que nous soyons plus vigilants que la fois précédente. Malgré les apparences, la famille choisie, sans doute un peu rapidement, ne présentait pas toutes les garanties nécessaires.

« Peut-être, mais ils étaient quand même sympas… » me dis-je en moi-même.

— Quelles conclusions en tirez-vous ? demande Manu, après avoir levé le doigt comme un élève bien sage.

— Eh bien, j'ai décidé de prendre les choses en main moi-même.

« Quoi ? Que dit-elle ? »

— J'ai donc sélectionné personnellement, et avec beaucoup de soin, quatre dossiers que je vous soumets. J'espère que l'un d'eux conviendra à Coquelicot.

« Mais ce n'est pas du tout ce qui était prévu ! J'ai déjà choisi en cachette la famille de mes rêves hier soir, avec l'aide de Bernadette ! »

— Monsieur Tourtour, avez-vous des remarques ou des objections ?

— Ça me va très bien. J'avoue que je n'ai pas vraiment... travaillé la question. Je suis très pris en ce moment... un départ pour la Patagonie. J'avais d'ailleurs un peu... oublié notre rendez-vous de ce matin.

Hé oui, l'oncle Jo a encore zappé qu'il doit s'occuper de moi quelques jours. Ce matin, je l'ai poursuivi dans la rue alors qu'il partait travailler, pour lui rappeler que nous allions d'abord chez la juge Farçon pour me trouver un point de chute. Et voilà maintenant qu'il me trahit sans même y penser ! Je lui décoche mon regard-qui-tue de degré 10 dans l'échelle des regards-qui-tuent, mais il ne le remarque même pas.

— Et vous, monsieur Ru, ça vous convient ?

— Bien sûr, madame la juge ! Comme tout ce que vous faites, c'est parfait.

Tu parles d'un lèche-cul, celui-là ! Et pourtant, il ferait mieux de ne pas faire le malin, avec sa barbe pleine de miettes. La moutarde me monte au nez.

— Nous pouvons donc commencer, reprend la juge. Coquelicot, tu veux peut-être dire quelque chose ?

Et là, j'explose :

— Pourquoi on ne m'a pas demandé mon avis avant ? C'est quand même un comble ! Je suis la première concernée, tout de même !

— C'est vrai, réplique la juge, imperturbable. Tu vas donc pouvoir faire ton choix dans le cadre organisé par les adultes qui sont responsables de toi.

— Mais...

— Allons, Coki, ne perdons pas de temps en discussions inutiles, intervient l'oncle Jo en s'agitant sur son siège. Aujourd'hui, j'ai un programme chargé, moi.

À cet instant, je ne sais pas qui je déteste plus : la juge Farçon, pour avoir changé les règles du jeu, ou le vieux Jo, pour penser à sa Patagonie plus qu'à moi ! Contre l'avis de Bernadette, j'avais pourtant trouvé une famille géniale sur *famillealessai.com* : les Plimpier, un couple avec deux enfants, menant une vie saine et écologique à la campagne, dans une ferme rénovée de la Creuse. J'étais sûre de pouvoir amener habilement les adultes à les choisir. C'est raté et je suis en pétard...

— Je suis déjà connectée sur le site, reprend la juge en tournant son écran d'ordinateur vers nous. Première famille, les Boulaton... Mécaniciens agricoles avec deux enfants... Je vous laisse lire leur fiche.

— Effectivement, ils semblent vraiment intéressants, glisse Manu, jamais en manque d'une flatterie.

Tous les regards se tournent vers moi pour scruter mes réactions. Je reste de marbre.

— Ils n'ont pas l'air de te passionner, remarque la juge. Bon, passons à la suite... Famille Merlois, quatre enfants.

— Ah oui, ils sont bien aussi, ceux-là ! s'exclame Manu. N'est-ce pas, Coki ?

Cette fois, je me contente d'une moue dubitative. Devant mon manque d'enthousiasme, la juge est déjà passée à l'écran suivant :

— Troisième possibilité : une famille de musiciens, les Flonfe. Coquelicot, tu en penses quoi ?

— Mais dis quelque chose à la fin ! s'impatiente l'oncle Jo.

Je hoche lentement la tête en fixant chacun des adultes droit dans les yeux. Après un soupir excédé, la juge poursuit :

— Quatrième et dernier choix possible : les Plimpier...

Ai-je bien entendu ? La Farçon a choisi la même famille que moi ! In-cro-yable !

— OK, je prends ceux-là.

— Comment peux-tu décider aussi vite ? demande Manu. On n'a même pas eu le temps de voir leur fiche...

— Leur... leur nom est très sympathique.

— Quoi ! Tu veux choisir ces gens uniquement à cause de leur nom de famille ? s'alarme soudain l'oncle Jo.

— Ben oui, ça ou autre chose... De toute façon, madame Farçon a certainement fait une bonne sélection... Et puis, vous m'avez demandé d'aller vite, mon oncle... Faut savoir ce que vous voulez !

— Tu n'es pas sérieuse !

Les trois adultes en charge de mon avenir n'ont pas l'air de trouver ça drôle du tout. Je dirais même qu'ils s'inquiètent sincèrement pour moi : la juge fronce les sourcils, le psy tire nerveusement les poils de sa barbe et mon oncle cesse de trépigner. En les voyant ainsi, ma colère retombe soudainement. Je décide donc de dire la vérité, ou presque :

— En fait, j'avais déjà repéré leur fiche en consultant le site hier soir...

— Ah, tu me rassures ! souffle l'oncle Jo, soulagé.

La juge Farçon se contente de hocher la tête avec un petit sourire.

— Parfait ! La famille Plimpier est donc élue à l'unanimité, lance joyeusement Manu en époussetant les miettes de sa barbe qui tombent sur sa chemise.

— Il y a quand même un problème...

Mon cœur s'arrête tout à coup de battre.

— Quoi donc, madame la juge ?

— Ces gens habitent le hameau de Julles, dans la Creuse. Il y en a pour plus de cinq heures de route et, avec tous les dossiers que j'ai en ce moment, je ne vais pas pouvoir t'y conduire comme je le fais d'habitude. J'en suis sincèrement désolée, Coquelicot.

Moi, un peu moins… La juge prend en effet la route pour un circuit de rallye automobile et je suis terrorisée chaque fois que je monte dans son bolide.

— Monsieur Tourtour, pourriez-vous accompagner votre nièce ?

— Ça va être un peu compliqué. Je vous rappelle que je n'ai pas le permis de conduire.

— Eh bien, vous prendrez un train ou un autocar…

— Ou le vélo, ne peut s'empêcher d'ajouter Manu.

— Faites pas le malin, vous, s'agace l'oncle Jo.

— Allons, c'est votre nièce, tout de même, insiste la juge.

— Désolé, mais c'est impossible : j'ai un avion qui décolle dans deux jours pour Ushuaia.

— Eh bien, monsieur Ru, il ne reste donc plus que vous.

Le psychologue reste un instant bouche bée.

— Ah non, je ne peux pas… J'ai un… enfin, vous savez…, finit-il par balbutier.

— Merci, monsieur Ru, conclut la juge, sans se soucier de ses protestations. Je contacte immédiatement la famille. Coquelicot, tu partiras donc après-demain au plus tard, avant que ton oncle ne s'envole pour je ne sais où.

Et c'est ainsi que les Plimpier ont été choisis…

Chapitre 2
un mauvais goût et un bon restaurant

En sortant du bureau de la juge, l'oncle Jo me tapote distraitement l'épaule.

— Je suis content pour toi, Coki, mais il faut vraiment que j'y aille. Je te laisse rentrer…, me lance-t-il. Tu trouveras tout ce qu'il te faut pour ton déjeuner dans le réfrigérateur.

Même s'il a failli m'oublier ce matin, même s'il m'a laissée me débrouiller avec la Farçon, même s'il ne pense déjà plus à moi en s'éloignant à grandes enjambées, je ne peux m'empêcher d'aimer ce vieux bonhomme.

— À tout à l'heure, mon oncle !

Mais il est déjà loin…

En fait, je suis plutôt contente de me retrouver seule à l'appartement, car j'ai prévu d'appeler Bernadette pour lui faire le compte rendu des derniers évènements.

– T'es en ligne, ma Nadette ?

– Tu parles que j'suis là ! Une heure que j'attends, ma louloute !

– Tu m'appelles encore une fois comme ça, et je ne te parle plus jamais.

– Oups !

– Je suis sérieuse.

– Allez, te fais pas prier, raconte !

– Pour la faire rapide : j'ai eu chaud. Figure-toi que la Farçon voulait m'imposer une famille à elle…

– Elle a pas le droit !

– Sauf qu'elle est juge, je te rappelle, et le droit, c'est elle !

– Mais quand même…

– Coup de pot : dans sa liste, y avait les Plimpier !

– Pas possible ! Vous aviez choisi la même destination ! Remarque, ça ne m'étonne qu'à moitié…

- Ah bon ?
- Ouais, vous avez le même mauvais goût, toutes les deux.
- Quoi ?
- Mais enfin, pourquoi tu veux vivre dans la nature, et tout ça ? La campagne, c'est sale, ça sent pas bon et ça ressemble au Moyen Âge : y a pas Internet, pas de cinémas, pas de vendeurs de glaces, pas de magasins de fringues, pas de…
- OK, ça va, j'ai compris.
- C'est quoi ton idée ? Tu veux fuir la ville où tu as grandi, t'éloigner le plus possible de ta vie d'avant ?
- Tu crois que je vais oublier que mes parents sont morts, seulement en partant au fin fond de la Creuse ? Bien sûr que non !
- Pardon, pardon !
- J'y pense tout le temps…
- À ce point-là, ma Coki ??
- Par exemple, le soir, avant de m'endormir, je ferme les yeux et j'imagine que je suis dans mon ancien lit. Sous la porte de ma chambre, je vois filtrer la lumière du couloir. J'entends les pas de Maman. Elle frappe

trois petits coups avant d'entrer pour me dire bonsoir. Elle s'approche du lit et vient m'embrasser. Je peux sentir ses bras qui me serrent et ses lèvres sur ma joue. Papa est juste derrière. Il veut me faire des chatouilles, mais Maman le gronde en lui disant que ce n'est plus l'heure...

Arrête, c'est trop triste ! Tu vas me faire pleurer.

C'est vrai, ça fait mal de savoir que je ne revivrai plus jamais ces moments-là. En même temps, c'est bizarre, mais quand j'y repense, ça m'aide à m'endormir.

Est-ce qu'au moins le vieux Jo est capable de te consoler ? de te faire un petit câlin de temps en temps ?

Tu parles ! Il ne pense qu'à son prochain départ pour la Patagonie et il a presque oublié que j'existe. Heureusement que tu es là, miss Hong Kong. Enfin, pas physiquement, mais quand même. Je t'embrasse TRÈS fort.

Eh bien, figurez-vous que j'avais tort. Pas pour Bernadette, qui est ma seule véritable amie, mais pour mon oncle Joseph.

— Je t'emmène dîner en ville, m'annonce-t-il en rentrant le soir. Je veux fêter nos départs respectifs et passer un bon moment avec toi. Mais je te préviens tout de suite : pas question d'une de ces gargotes à hamburgers où on mange avec les doigts.

— Pas de fast food, alors ?

— Non et non. Nous irons dans un endroit chic. Je vais mettre une cravate. Je crois qu'il m'en reste une qui n'a pas de tache. Et toi, tu t'habilles pour me faire honneur.

Moins d'une heure plus tard, nous nous retrouvons en tête à tête dans la salle à manger étincelante de dorures et de cristal d'un grand restaurant. Je suis tout intimidée dans ma plus belle robe. Et surtout serrée dedans, car elle est un peu petite. Et puis, je dis « ma plus belle robe », alors qu'en fait c'est la seule que j'aie... Je ne l'ai mise que pour faire plaisir à l'oncle Jo qui, bien sûr, n'a rien remarqué. Comme annoncé, sa cravate est à peu près propre, mais son costume fatigué mériterait une visite chez le teinturier... Sous la nappe, je peux voir sa jambe s'agiter nerveusement. De mon côté, je n'ose poser aucune question sur le menu auquel je ne comprends rien. Je me contente d'observer les clients des autres tables et le ballet des serveurs. L'oncle se racle la gorge plusieurs fois, avant de commencer d'une voix hésitante :

— Coquelicot, je ne suis qu'un vieux ronchon... impatient, désorganisé et distrait... Mais je tiens à toi. Énormément. Il y a trois mois, je te connaissais à peine. Je ne t'avais vue que bébé. Depuis, je ne comprends même pas comment j'ai pu vivre sans toi.

Pourquoi n'ai-je pas fait la paix avec tes parents avant leur mort ? Je m'en voudrai chaque jour de mon existence. Impossible désormais de réparer ce gâchis... Personne ne pourra jamais remplacer tes parents. Je sais que la douleur sera toujours là, en toi, et je n'y peux pas grand-chose. Mais je veux pour toi le meilleur. Je t'en fais la promesse, même si je ne suis pas toujours à la hauteur...

Oui, Papa et Maman sont morts, alors que moi, je suis toujours là, en apparence la même Coki. Je continue à parler, à manger, à travailler... à m'amuser

et à rire aussi. Mais à chaque instant, je ressens leur absence. J'ai parfois l'impression d'être un robot et, pourtant, les robots ne se cachent pas pour pleurer. Une partie de moi, un organe invisible, m'a été arrachée. Cette douleur dont parle l'oncle Joseph ne me quitte jamais. Même entourée de gens, je me sens pour toujours et à jamais solitaire. Solitaire de mes parents (je ne sais pas si ça se dit mais vous voyez ce que je veux dire ?). Alors, c'est vrai : le vieux Jo ne les remplacera pas, mais son regard déborde d'affection, et sa déclaration est la plus belle qu'il m'ait jamais faite...

Me voyant au bord des larmes, il est soudain rouge de confusion et dissimule son émotion en vidant coup sur coup deux verres de vin.

— Par exemple, ce matin : d'abord, j'oublie notre entretien chez la juge et, une fois sur place, je ne pense qu'à mon voyage...

Je prête à peine attention à ce que le serveur vient de nous apporter, mais je parviens à répondre, la gorge serrée :

— Ce n'est pas si grave...

— J'espère en tout cas que cette famille Plimpier te conviendra. S'il y a le moindre problème, il faut que tu me le dises tout de suite. N'attends pas d'être dans le pétrin, comme quand tu étais chez les Glugeot, hein ? Tu pourras m'envoyer des textos. J'ai pris un nouveau téléphone avec un forfait spécial pour l'Argentine.

Décidément, l'oncle Jo ne cesse de me surprendre, lui qui ne voulait même pas entendre parler de portable !

Pendant la suite du dîner, je suis incapable de dire ce que nous mangeons. Non seulement les plats, tous délicieux, portent des noms incompréhensibles, mais dans le feu de la discussion, je vide mes assiettes sans même m'en rendre compte…

Deux jours après cette soirée mémorable, un samedi matin, je retrouve Carl-Philippe-Emmanuel Ru à la gare d'Austerlitz. Malgré son départ imminent, mon oncle Joseph a tenu à m'accompagner, et la juge Farçon est sur le quai, elle aussi, pour me donner ses dernières consignes. Même si elle lui a forcé la main, Manu a décidé de prendre ce voyage avec bonne humeur. Il s'extasie de tout et son optimisme est sans faille : « Un train qui part à l'heure, c'est un bon début, non ? » « Les sièges sont agréables, tu ne trouves pas ? » « Regarde la vitesse à laquelle défilent les champs ! » « Tu as vu ce beau château ? ce joli village ? ces mignonnes petites vaches ? »

Quatre heures plus tard, nous sommes cette fois installés dans un autocar, pourtant moins rapide et moins confortable, mais son ardeur ne faiblit pas : « Tu as remarqué comme les gens sont gentils ? On vous dit bonjour, on vous remercie, ça change de Paris. » « Comme c'est beau ! Tu as bien fait de choisir la Creuse. » « Et les paysages, tu as vu les paysages ? Ma-gni-fiques ! Moi je te le dis : tu vas être heureuse ici. »

Cet enthousiasme un peu forcé s'arrête aussi brutalement que notre car, en pleine campagne.

— Le monsieur barbu et la jeune fille ? braille le chauffeur.

— On dirait que c'est nous, me glisse Manu, encore guilleret.

— Vous m'avez demandé de vous prévenir quand ce serait l'arrêt de Julles. Vous y êtes.

Le psy passe une tête prudente par la portière. Son sourire a disparu.

— Mais… il n'y a rien ici.

— Si, y a l'arrêt de bus, plaisante le chauffeur en indiquant un panneau planté sur le bas-côté. C'est pas comme dans les grandes villes, ici. C'est la Creuse.

Derrière la vitre, les quelques passagers nous regardent retirer nos sacs de la soute.

— Ah, ces Parisiens ! grommelle une voix.

Et dans un grondement de moteur, le car disparaît, nous laissant seuls au bord de la route avec armes et bagages.

Chapitre 3
un tracteur et un grenier à foin

Devant nous, un long champ de maïs recouvre la plaine ; derrière, un chemin de terre serpente dans les prairies, avant de grimper dans des collines couvertes de bois. On ne voit aucune habitation à l'horizon.

— Quand les Plimpier ont annoncé qu'ils venaient nous chercher à l'arrêt de l'autocar, j'ai cru que c'était sur la place d'un village, ou dans un lieu civilisé de ce genre. Là, on est vraiment au milieu de nulle part, gémit Manu en s'affalant sur son sac.

— On devrait peut-être les appeler…

— Ouais, mais évidemment, pas de réseau dans le coin, dit-il en tripotant rageusement son téléphone portable. Et avec le tien, ça marche ?

— Ça ne capte pas non plus.

Dix minutes s'écoulent en silence. Le soleil de midi nous tombe droit sur la tête et liquéfie le goudron de la chaussée. Je transpire à grosses gouttes et je commence à rêver de boissons fraîches, de glaçons et de grands verres aux parois couvertes de buée, mais j'ai laissé ma canette dans le train…

Soudain, un bruit de moteur se fait entendre. En plissant les yeux, je parviens à distinguer une forme vacillante au-dessus de la brume de chaleur. Elle approche très très lentement.

Je demande à Manu :

— Ça pourrait être les Plimpier, vous croyez ?

Soudain requinqué, mon psy bondit sur ses pieds et fait de grands gestes frénétiques. Peu à peu, je distingue un tracteur avec un vieil homme au volant. Il ne ressemble pas à la photo de M. Plimpier. Mais peut-être vient-il de leur part ? En passant devant nous au ralenti, le grand-père se contente de soulever sa casquette d'un doigt et de nous adresser un sourire édenté. Sans s'arrêter...

Manu se laisse retomber sur son sac.

— Pourquoi diable ai-je accepté de te conduire jusqu'ici ? Tu peux me le dire ?

Je me garde bien de lui expliquer que la juge Farçon ne lui a pas laissé le choix.

— Ne le prends pas mal, Coquelicot, mais est-ce le rôle d'un psychologue de jouer les accompagnateurs de voyage ?

Je reste silencieuse, comprenant que les ruminations de Carl-Philippe-Emmanuel Ru n'attendent pas de réponse.

— Franchement, si ces gens voulaient vraiment que tu viennes chez eux, comment ont-ils pu oublier l'heure de ton arrivée ? Sans me livrer à une analyse poussée, je dirais que cette absence relève presque d'un acte manqué, d'une volonté inconsciente de ne pas t'accueillir, tout en prétendant le contraire...

Agacée par ce monologue, je tente une diversion :

— Manu, j'ai soif. Vous auriez quelque chose à boire ?

— Hum, attends. Je crois qu'il me reste un peu d'eau dans mon sac. Ah, la bouteille est vide... Zut, mes chocolats ! Avec la chaleur, ils ont dégouliné sur tous mes vêtements. C'est un cauchemar !

Quelques minutes s'écoulent avant qu'un autre véhicule se fasse entendre. Cette fois, c'est une automobile qui roule à vive allure. Découragé d'avance, Manu reste assis sur son sac, tandis que j'adresse des signes de la main au conducteur. Celui-ci me répond par un long coup de klaxon, avant de s'arrêter en face de nous, dans un dérapage digne de la juge Farçon... C'est une de ces voitures dont la carrosserie a été bricolée pour ressembler à un bolide de course. Au soleil, ses chromes et sa peinture bleu vif font mal aux yeux.

— Bonjour m'sieur-dame, z'avez un problème ? demande un jeune type à moustache en passant la tête par la vitre ouverte.

— Bonjour monsieur, répond poliment Manu, à nouveau plein d'espoir. Vous connaissez les Plimpier ? Ils devaient venir nous prendre à cet arrêt, mais ça fait presque une heure que nous les attendons...

— Ah ouais, les Plimpier... Vous inquiétez pas, y vont sûrement arriver. Désolé, mais là, j'peux pas vous prendre. Une course urgente. Allez, au plaisir!

Et, sans attendre, il repart en faisant crisser ses roues sur le bitume. Cette dernière péripétie achève de mettre mon psy en fureur.

— Abruti! Espèce de pedzouille! fulmine-t-il en brandissant un poing rageur. Il se prend pour qui, ce mec, avec sa bagnole de plouc! C'est quoi ce pays? C'est quoi ces gens?

Dois-je lui faire remarquer que, moins d'une heure auparavant, il trouvait tout le monde charmant? Je n'ai pas le temps de réfléchir à la question qu'un bruit de voix se fait entendre derrière nous. Un groupe de cyclistes suivis d'un chien débouche des bois et descend vers la route par le chemin de terre. Cette fois, je me contente d'un petit signe de la main. Vont-ils tourner à gauche ou à droite? Non, ils s'arrêtent et m'entourent! Ils sont quatre... et ils correspondent assez bien à la description du site *famillealessai.com*: des parents d'allure jeune et sportive, une fille qui pourrait avoir mon âge et un garçon un peu plus jeune.

— Coquelicot, je présume? me demande le père avec un grand sourire en descendant de son engin. Je suis Paul Plimpier. Bienvenue à Julles!

— Bonjour, monsieur.

— Oh non ! Appelle-moi Paul, et embrasse-moi.

Je ne me fais pas prier, pas plus qu'avec Natasha (la mère), Suzanne et Marcel (les enfants). Même le chien, un briquet d'Artois nommé Amphibie, vient me lécher le visage.

— Pas fâché de vous voir arriver, bougonne Manu en se levant péniblement de son sac.

— Vous devez être monsieur Ru? Enchanté. Nous avons pris un peu de retard ce matin... Désolé, j'espère que l'attente n'a pas été trop longue.

La mine renfrognée du psy laisse penser le contraire, mais Paul ne semble pas le remarquer:

— En tout cas, j'espère que vous avez pu profiter des beautés de notre nature. Et le meilleur reste à venir: nous vous ramenons chez nous!

— Mais comment? demande Manu, inquiet.

— À bicyclette, bien sûr! Regardez, nous avons deux places sur les tandems et deux chariots pour les bagages.

Le moral du barbu chute encore de plusieurs crans. Moi, je trouve les Plimpier plutôt sympathiques et rigolos... et j'ai très envie de faire du tandem.

— Après le train et l'autocar, le vélo! C'est vous-même qui l'avez prédit dans le bureau de la juge, ne puis-je m'empêcher de lancer à Manu.

Il se contente de me foudroyer du regard avant d'enfourcher le tandem de Paul. Pour ma part, je monte derrière Suzanne, tandis que Natasha et Marcel mettent nos bagages dans leurs chariots. Au bout de quelques dizaines de mètres, je fais déjà moins la maligne... De loin, le chemin semblait s'élever doucement. En pédalant, je trouve la grimpette plutôt raide. Amphibie gambade autour de nous en aboyant joyeusement. Sans se retourner, Suzanne me lance gaiement :

— Ça va, Coquelicot ?

— Coki, mes amis m'appellent Coki... Oui, ça va... Pourquoi ?

— Je t'entends souffler. Il va falloir que tu t'y fasses : c'est le seul chemin d'accès à la maison. Tu vas le prendre tous les jours pour aller au collège avec moi.

— Oui, mais en voiture, ça ne compte pas.

Ma remarque amuse beaucoup Suzanne.

— Là, tu te goures complètement. On y va à vélo.

— Tous... tous les jours ?

— Sauf le samedi et le dimanche. T'en fais pas, la Parisienne, après quelques courbatures, tu auras des mollets d'acier !

Est-ce qu'elle plaisante ? Si c'est vrai, je suis fatiguée d'avance... En arrivant chez les Plimpier pourtant, mes efforts sont récompensés. La maison, une grande ferme restaurée entourée de dépendances, est exactement telle que je l'imaginais. Cachée par des arbres et adossée à la colline que nous venons de gravir, elle offre une vue imprenable sur la vallée, dans laquelle se niche au loin un unique village. Pendant que les adultes règlent des questions d'adultes à l'intérieur, Suzanne et Marcel me font faire le tour des bâtiments. Je ne peux m'empêcher de sortir mon téléphone pour prendre quelques photos. Ça fera un chouette reportage à partager avec Bernadette.

— Tu as un portable ! s'exclament en chœur les enfants Plimpier.

— Euh oui… Pas vous ?

— Je suis la seule de ma classe à ne pas en avoir, confie Suzanne avec une pointe d'envie.

— Les parents sont contre et ils ne se servent du leur que pour le travail, ajoute Marcel. Selon eux, ça détruit toute vraie communication entre les gens.

— Ils disent même que ça peut nous abîmer le cerveau. Tu parles…

— Je connais ça. Les miens n'en voulaient pas non plus. C'est mon oncle Joseph qui m'en a acheté un depuis que… depuis qu'il s'occupe de moi. Vous croyez qu'ils pourraient me le confisquer ?

Suzanne et Marcel échangent un long regard sans répondre.

— De toute façon, finit par dire Suzanne, il ne te servira pas à grand-chose ici : on ne capte rien.

Hé oui, j'ai beau promener mon appareil en tous sens, le résultat est le même partout : zéro bâton de réception sur l'écran. Je suis catastrophée.

— Mais comment faire si je ne peux plus communiquer avec mon oncle ! (Et avec Bernadette, me dis-je tout bas.)

— Tu lui écriras…

— On voit bien que vous ne le connaissez pas : il est toujours fourré dans des endroits improbables, où le courrier met des siècles pour arriver. Et puis, son écriture est absolument illisible. Non, c'est impossible !

— J'ai peut-être une idée d'un coin où ça pourrait marcher…, déclare Marcel d'un air de conspirateur.

Suzanne semble étonnée :

— Ah bon, où ça ?

Marcel m'adresse un clin d'œil malicieux :

— Je ne dis pas aux parents que tu as un portable et je t'indique un endroit où tu pourras t'en servir, mais à une seule condition…

— Tout ce que tu veux ! ne puis-je m'empêcher de répliquer un peu étourdiment.

— Tu es sûre ?

— Promis, juré, craché !

— D'accord. Alors, tu nous emmèneras à Paris, Suzanne et moi, pendant les vacances.

Sur le moment, sa demande me semble assez raisonnable. Je ne sais pas encore dans quelle galère je viens de m'embarquer…

— Et cet endroit pour téléphoner ?

— Une fois, j'ai entendu Maman parler toute seule dans le grenier à foin au-dessus de la grange. Sur le moment, j'ai trouvé ça bizarre mais, après coup, j'ai pensé qu'elle était avec son portable. On n'a pas le droit d'y aller parce que le plancher menace de s'effondrer, mais je vais quand même te montrer où c'est…

Marcel a vu juste : en tentant mon téléphone à bout de bras devant l'unique fenêtre de cette grande pièce sous les toits, trois miraculeux bâtons apparaissent sur l'écran. Sauvée ! Au même instant, une cloche se met à sonner à toute volée.

— Qu'est-ce que c'est ? Une alerte incendie ?

— Mais non, Coki, seulement le signal pour passer à table.

Pas grave : je reviendrai plus tard. Au moins, je sais que je ne suis pas coupée du monde. Je suis sauvée !

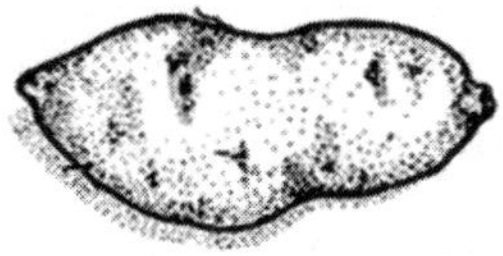

Chapitre 4
pedzouille et topinambours

Devant la maison, Manu semble attendre quelqu'un. Après s'être rafraîchi et changé, il a retrouvé son agaçante bonne humeur.

— Ah, ma chère Coquelicot, je voulais te dire au revoir. Je rentre à Paris.

— Vous ne restez pas dîner ?

— Non, j'ai rempli ma mission et j'ai des rendez-vous dès demain matin. Et puis, je te laisse entre de bonnes mains. Ces gens-là vont bien s'occuper de toi, je le sens. La juge Farçon a fait une sélection judicieuse.

Je pourrais lui rétorquer que ce choix est aussi le mien… quand je remarque que sa chemise blanche est constellée du chocolat qui a fondu dans sa valise.

— Manu ?

— Tu as quelque chose à me dire ?

— Euh… Vous avez des taches, là, devant…

Sans regarder, il se passe une main distraite sur le ventre.

— N'essaie pas de détourner la conversation, s'il te plaît. Je te parle de choses importantes. Quelle est ta première impression sur les Plimpier ?

J'ai du mal à détacher mon regard des longues traînées marron que sa main a laissées sur sa chemise.

— Ils ont l'air… vraiment gentils.

— Attention, Coki, ce n'est pas parce qu'ils sont gentils qu'il faut en abuser. Je compte sur toi pour être irréprochable. Tu dois te montrer à la hauteur de la confiance que nous t'accordons, ton oncle Joseph, la juge Farçon et moi-même. Je ne connais pas beaucoup d'enfants qui ont le privilège de participer au choix de la famille qui les accueille. Et sache faire honneur à l'éducation que tes parents t'ont donnée…

Pour mettre un terme à ce flot de paroles, je sors la première chose qui me vient à l'esprit :

— Et vous repartez en vélo ?

— Oh non, Dieu merci, on m'emmène à la gare… Un gars du coin qui fait le taxi.

C'est alors que, dans un vrombissement, apparaît le bolide bleu électrique que Manu a injurié tout à l'heure... Après un grand coup de frein, en sort le jeune moustachu, tout sourires. Je ne peux pas résister au plaisir de taquiner un peu mon psy, après le sermon qu'il vient de m'infliger :

— Tiens, on dirait votre pedzouille !

— Pedzouille ? intervient Paul qui nous rejoint à cet instant. Ce n'est pas très gentil, ça !

— Ah bon ? Pourtant, c'est Manu qui l'a appelé comme ça, tout à l'heure.

— Monsieur Ru, vous employez vraiment des mots pareils ?

— Pas... pas du tout, bafouille le psy, soudain cramoisi.

— Si, tout à l'heure, quand nous attendions à l'arrêt du car. Vous avez crié « pedzouille ».

La présence du chauffeur et des enfants Plimpier, venus lui dire au revoir, ajoute encore à sa confusion.

— Tu... tu as dû mal entendre.

— Qu'est-ce qu'elle a mal entendu ? intervient le moustachu, ravi de se mêler à la conversation.

— Mais... rien... rien du tout !

— Et vous avez même ajouté : « Il se prend pour qui, ce mec, avec sa ba... »

Sans me laisser le temps de terminer, Manu m'étrangle à moitié en me serrant dans ses bras.

— Allez, Coquelicot, il faut que j'y aille...

Puis il ajoute tout bas à mon oreille :

— Tu es vraiment une sale pedzouille, toi aussi, mais c'est pour ça que je t'apprécie tant. Tu peux m'appeler quand tu veux... sauf pour te moquer d'un pauvre psychologue sans défense !

Et voilà : Carl-Philippe-Emmanuel parvient à me faire verser une larme. En plus, sans le vouloir, il s'est bien vengé, car j'ai maintenant plein de chocolat sur mon tee-shirt...

Après que le taxi bleu électrique a disparu dans un nuage de poussière, je file me changer avant de passer à table. Nous dînons sur la terrasse qui domine la vallée.

— Tout ce que tu vas déguster ce soir provient de notre potager, m'explique Natasha. Nous cultivons nous-mêmes tous nos légumes...

— Sans engrais et sans pesticides ! ajoutent en chœur Suzanne et Marcel sur le ton d'une leçon bien apprise.

— Regarde-moi ces haricots verts ! Et ces carottes ! annonce fièrement la maîtresse de maison.

Magnifiques, non ? Tiens, mais où sont les topinambours ?

— J'ai dû les laisser à la cuisine, avoue Paul. Qui va les chercher ?

— Moi, si voulez !

— Merci, Coquelicot. Tu ne peux pas les manquer : ils sont restés sur la table.

Une fois de plus, j'ai voulu faire ma maligne et me faire bien voir… alors que je ne sais absolument pas à quoi ressemblent des « topinambours ».

Et, bien entendu, dans la cuisine, il n'y a aucun plat sur la table. Où peuvent-ils être passés, ces fichus topinambours ? Ouf, les voilà, à côté de l'évier sur le plan de travail. En revanche, ça n'a pas l'air très appétissant… Dans une sorte de bouillie noirâtre surnagent des morceaux plus clairs de taille et de forme variables. J'approche mon nez du plat, pour me reculer aussitôt. Un parfum nauséabond de fruits pourris et de bête morte me chatouille désagréablement les narines. Beurk ! J'espère que ces topinambours ont meilleur goût que leur odeur !

Prenant mon courage à deux mains, je trempe franchement mon doigt dans la bouillie et le porte à mes lèvres. Aussitôt, un mot me vient à l'esprit :

dégueulasse. Il faut que je recrache ce truc tout de suite.

— Coquelicot, tu as trouvé ? me lance Natasha de loin.

— Oui, c'est bon, j'arrive…

Et là, je déglutis et j'avale le tout sans y penser. Horreur ! L'aigre, le sûri, l'acide sont tellement forts que j'en ai un haut-le-cœur. Ça commence bien : dès le premier soir, la bouffe est infecte… Si tous leurs machins bio sont du même genre, je vais rapidement mourir de faim. Si ça se trouve, ces Plimpier sont des malades et ils aiment les plats les plus répugnants… À moins que ce ne soit seulement une sorte de bizutage, pour tester ma résistance ?

Le goût de l'infâme mixture encore plein la bouche, je reviens sur la terrasse, portant dignement le plat. Quand je le pose sur la table, Paul et Natasha me regardent, stupéfaits. Je sens que j'ai commis une erreur, mais laquelle ? Aurais-je servi le plat du mauvais côté, ou fait une gaffe du genre ? Je ne me suis quand même pas barbouillé le visage de bouillie noirâtre, si ? Je m'aperçois que Suzanne et Marcel contiennent à peine un fou rire.

— Mais enfin, Coquelicot, finit par dire Natasha après un silence interminable, ce ne sont pas les topinambours ! Ce sont les restes de la semaine et les épluchures que j'ai mixés pour Amphibie !

— Qu'est-ce qui t'arrive ? demande Paul, inquiet. Tu es toute pâle.

Les restes de la semaine et les épluchures. Oh non ! je sens que je vais vomir.

— Ce n'est pas grave, tu sais. Pas grave du tout. Nous n'allons pas te gronder pour ça.

— Allez, viens te rasseoir.

Mon estomac gargouille de plus belle pour protester contre le traitement que je viens de lui infliger.

— T'en as pas mangé, au moins ? me lance Marcel, hilare.

Plutôt mourir que d'avouer.

— Ben non, bien sûr…

C'est tout ce que je parviens à dire, avant de me jeter sur mon verre d'eau. Je ne sais pas ce qui est le pire : l'horrible arrière-goût qui ne disparaît pas ou la mortification de m'être piégée toute seule.

D'autorité, Paul reprend le plat et revient quelques instants plus tard avec un autre qui, je dois l'avouer, a bien meilleur aspect.

— Je les avais laissés dans le four… Désolé.

Pas tant que moi ! « Dans la joie comme dans la peine, digne tu resteras », énonce le sixième principe du colonel Ploum, mon glorieux ancêtre. Il n'avait prévu ni la colère contre soi-même ni la peur du ridicule.

Heureusement, tout le monde semble rapidement oublier l'incident. Je dois même reconnaître que les topinambours (les vrais...) sont excellents, comme l'ensemble du dîner préparé par Paul et Natasha.

— Dis-moi, Coquelicot, m'interroge enfin Natasha, j'ai cru comprendre que tu avais choisi notre famille parce que tu rêvais de nature...

— Pour ça, tu vas être servie ! plaisante Suzanne.

— Je trouve que vous avez beaucoup de chance. C'est le paradis, ici !

— Ouais, un paradis sans télévision, sans téléphone, sans Internet et sans voiture..., ricane Marcel.

Sans relever les interventions acerbes de ses enfants, Natasha reprend :

— Il y a sept ans, nous habitions encore à Paris, comme toi. À l'époque, Suzanne n'allait pas encore en classe et Marcel n'était qu'un bébé. Nous les voyions à peine, car nous étions très pris par notre travail, Paul par sa boîte de publicité et moi dans une grande entreprise agroalimentaire...

— Je bossais tellement qu'un jour j'ai fait un *burn-out*, poursuit Paul.

— Un quoi ? fais-je timidement.

— Un *burn-out*. Un pétage de plombs, quoi !

— Suzanne, ne dis pas des choses pareilles ! intervient Natasha.

— Elle a pourtant raison, c'était à peu près ça..., reprend Paul. J'ai mis plusieurs mois pour m'en sortir, alors nous avons décidé de changer de vie pour revenir à l'essentiel. Nous voulions passer plus de temps avec nos enfants et habiter dans un endroit calme, à la campagne. Comme j'avais toujours rêvé de m'occuper d'abeilles, je me suis lancé dans une formation d'apiculteur. Natasha, elle, prenait des cours d'horticulture biologique. Nous avons cherché une ferme à reprendre et nous avons trouvé Julles...

— Le soir de notre départ pour la Creuse, nous avons voulu nous libérer de ce qui nous enchaînait dans l'existence, continue Natasha. Nous avons fait venir une association qui s'occupe de gens en difficulté. Ils ont emporté tous mes tailleurs et ma collection de paires de chaussures. Et Paul a bazardé tous nos gadgets électroniques : télévision, ordinateur, téléphone portable, console de jeu...

— Hé oui, Papa a même bazardé sa propre console de jeu, relève Marcel, d'un air accablé.

— À ce propos, Coquelicot, tu as un téléphone portable ? demande Natasha.

Zut ! J'aurais dû me douter que cette question allait tomber, mais je ne pensais pas que ce serait dès le premier soir... Un peu prise au dépourvu, je jette un regard rapide à Suzanne et Marcel qui, comme par hasard, sont soudain très absorbés par leur assiette.

— Euh oui… Enfin, non.

— Je ne comprends pas. Tu en as un ou tu n'en as pas ? insiste Paul.

— C'est-à-dire que mon oncle Joseph m'en a acheté un…

Une angoisse m'étreint. Si les parents Plimpier me confisquaient mon portable, je ne pourrais plus communiquer, ni avec l'oncle Jo, ni avec Bernadette, ni avec personne. Ce serait trop épouvantable ! En une microseconde, ma décision est prise :

— Mais je l'ai laissé à Paris !

Chapitre 5
un bandeau sur les yeux et une paire de chaussettes

Voilà, c'est fait : j'ai menti. Le rouge me monte aux joues, mais les parents Plimpier n'ont rien remarqué. Je lève les yeux vers Suzanne et Marcel, espérant qu'ils ne vont pas me contredire, mais ils se contentent de me regarder bouche bée, stupéfaits par mon audace. Pourtant, je ne suis pas fière de moi.

— Tu as bien fait, approuve Paul. Ici, tu n'en auras pas besoin. Et vis-à-vis de nos propres enfants qui n'y ont pas droit, nous aurions été très ennuyés…

— Nous essayons de leur montrer qu'on peut être très heureux en menant une vie simple et frugale, tu comprends ? complète Natasha.

J'esquisse un signe de tête embarrassé. Bien sûr que je comprends, mais moi, je n'ai pas mes parents à portée de main et j'ai absolument besoin de ce téléphone !

— Comme Paul a commencé à te le dire, nous produisons la plupart de nos aliments. Non seulement les légumes, mais aussi le lait et le beurre…

— Grâce à Zorro ! s'exclament les enfants, soulagés de changer de sujet.

Devant mon air interloqué, Marcel me mime un bandeau sur les yeux avant de tracer un grand « Z » dans l'air avec son doigt. J'ai envie de lui rétorquer que je ne suis pas idiote et que je sais qui est Zorro, mais Suzanne m'explique :

— Zorro, c'est notre vache.

— Une vache qui s'appelle Zorro ?

— Oui, parce qu'elle a un masque noir autour des yeux et une grande tache en forme de Z sur le flanc !

— Comme Zorro, d'accord…

— Nous avons aussi des œufs…, reprend Natasha.

— Grâce au bureau des poules ! s'égosille Marcel.

— Notre basse cour est installée dans le bureau de l'ancien fermier, commente Suzanne avant même que j'aie le temps de m'étonner. Et elles sont si sérieuses qu'on dirait les employées d'une entreprise de ponte.

Moi aussi, je suis soulagée de voir la conversation dériver loin de la technologie en général et des téléphones portables en particulier. Je me tourne donc vers Paul :

— Et tu fais aussi du miel, c'est ça ?

— Je m'occupe de plusieurs dizaines de ruches. Je produis du miel, de la gelée royale et de l'hydromel, que je vends sur les marchés et dans les magasins des environs. Natasha, elle, s'est spécialisée dans les plantations d'arbres.

— Pour être précise, je conçois des jardins adaptés à chaque terrain, qui consomment peu d'eau et sont respectueux de l'environnement.

— « À chaque arbre son terreau, du chêne au sureau », ne puis-je m'empêcher de commenter.

Je suis d'abord très fière de ma phrase... avant de comprendre que j'ai fait un flop.

— Oui, tu as raison, finit par dire Natasha après un silence gênant. Mais où as-tu pêché une phrase pareille ?

Me voilà obligée de me justifier :

— C'est le quatrième principe de mon ancêtre, le colonel Isidore Ploum. Il a écrit un recueil de principes que les Ploum se transmettent de génération en génération.

— Un soldat qui s'intéresse aux arbres ? s'étonne Marcel.

C'est vrai que je l'ai toujours trouvé un peu bizarre, ce quatrième principe. D'habitude, le brave colonel conseille plutôt des trucs du genre « Face à l'ennemi, choisis tes armes et tu vaincras » ou « Dans la bourrasque et la bataille, l'esprit clair tu garderas », mais ce principe-là ne ressemble pas aux autres. Je tente néanmoins de défendre mon glorieux ancêtre :

— Il a fait les batailles de Napoléon et il a été blessé plusieurs fois. J'ai son portrait dans ma valise. Vous verrez : il a une très belle moustache et un uniforme magnifique ! Et puis, quand il était vieux, il s'est retiré à la campagne pour écrire son livre : *Principes du colonel Isidore Ploum à l'intention de ses descendants et autres techniques pour temps difficiles.*

— J'avoue que je ne vois pas tellement le rapport avec l'horticulture, plaisante Paul.

— Pourtant, il donne plein d'astuces sur les plantations, comme...

Et voilà qu'à l'instant où j'en aurais le plus besoin, je suis incapable de ressortir la moindre phrase du colonel, alors que j'ai passé des journées à les apprendre par cœur.

— J'en ai une sur le bout de la langue... Attendez...

Isidore, viens vite à mon secours, ou bien je vais gravement me ridiculiser devant les Plimpier ! Évidemment, ne me reviennent en tête que les trucs les plus idiots, comme « La recette du nettoyant capable de venir à bout de toutes les taches de boue et de sang » ou « Comment rendre ses bottes si brillantes qu'on se voit dedans »... Tous les regards sont fixés sur moi. Coki, trouve quelque chose, il y va de ton honneur et de celui de tous les Ploum !

— Ah oui, voilà : « À la Saint-Isidore, retourne la terre qui s'endort, à la Sainte-Julie, laisse-la faire son lit. »

Natasha me sourit gentiment, avant de conclure, embarrassée :

— Il y a certainement beaucoup de sagesse dans ces vieux dictons… Il faudra que tu me montres le livre de ton ancêtre.

Je me contente d'acquiescer vaguement en marmonnant. En fait, je n'ai aucune envie de partager mon trésor familial avec des gens qui ont l'air de mettre en doute son importance…

Pour mes premières nuits à Julles, Paul et Natasha me proposent de dormir avec ma nouvelle copine Suzanne, plutôt que d'emménager dans la chambre qui m'est destinée. Après avoir hésité un peu, je sors Pépita de ma valise pour la mettre discrètement dans mon lit. Je ne veux pas subir le même affront qu'avec le colonel…

— Qu'est-ce que tu caches ? demande Suzanne, qui a surpris mon manège.

Un peu honteuse, je lui montre mon doudou.

— C'est un souvenir de Maman. Elle a cousu deux boutons sur la chaussette pour lui faire des yeux. Je l'emporte partout. Je sais que ça fait un peu bébé, mais… elle me tient compagnie.

Après cet aveu, je suis inquiète de ce que va dire Suzanne, mais elle a une réaction surprenante :

— Trop drôle ! Attends, regarde…

Elle se met à fouiller dans un grand coffre à jouets, d'où jaillissent poupées désarticulées et peluches toutes râpées.

— Voilà, je l'ai trouvée!

Triomphante, elle me sort une chaussette semblable à la mienne. Elle l'enfile sur son avant-bras et s'adresse à moi d'une petite voix:

— Bonjour, je m'appelle la Sette et je suis le vieux doudou de Suzanne. C'est sa mère qui m'a faite. Et toi, qui es-tu?

Aussitôt, mon propre doudou lui répond:

— Je suis Pépita et je suis la confidente de Coki. Je lui fais la conversation quand elle est seule et triste.

— Moi, je raconte à Suzanne notre future vie à Paris quand elle s'ennuie dans sa campagne. Je sens qu'on va bien s'amuser toutes les quatre !

Et nous éclatons de rire. Je me sens déjà beaucoup d'affinités avec Suzanne, et savoir que nos deux mamans ont fabriqué le même doudou nous rapproche encore.

Au moment d'éteindre, Paul et Natasha viennent l'un après l'autre déposer un baiser sur mon front. Ce geste, en apparence banal, me fait monter les larmes aux yeux. Depuis que Papa et Maman sont morts, c'est la première fois que quelqu'un vient m'embrasser dans mon lit. Au foyer, comme dans ma précédente famille, ce n'était pas vraiment le genre. Quant à mon oncle Joseph, il n'y a jamais pensé… et je n'ai jamais osé le lui demander.

Avant de fermer les yeux, je pense à mes parents et à cette nouvelle famille qui m'a si bien accueillie, puis à Bernadette à qui j'ai promis de faire un compte rendu de ma première journée chez les Plimpier. Si je ne veux pas qu'elle me fasse une scène, il faut absolument que je lui envoie un message. Dès que tout le monde dormira, j'irai jusqu'au grenier de la grange pour lui envoyer au moins un texto…

Chapitre 6
chasse aux ours et aux abeilles

La grande maison est maintenant silencieuse. Est-ce que tous les Plimpier sont vraiment endormis ? Je l'espère… Avec beaucoup de précautions, je sors de la chambre de Suzanne et me retrouve dehors avec une seule idée en tête : appeler ma Nadette. La nuit est étonnamment claire et je parviens sans difficulté jusque sous le toit de la grange. Je m'installe et m'apprête à taper mon message quand, soudain, le grenier tout entier s'illumine. Ça y est : les parents Plimpier m'ont suivie ! Je suis découverte ! Ils vont comprendre que j'ai menti et me confisquer mon portable !

Mais la longue salle est entièrement vide… si ce n'est qu'à l'autre bout ont été installés les meubles de mon ancienne chambre ! En m'avançant, je peux vérifier que tout y est : mon lit, ma chaise, les étagères avec mes bouquins, et même mon bureau sur lequel est posé le portrait du colonel Ploum, au milieu de mes cahiers et de mes crayons.

— Comme à la maison ! dit la voix de Maman derrière moi.

Je me retourne et mes parents sont là tous les deux, souriants et se tenant par la main.

— On dirait la maison, mais ce n'est pas tout à fait vrai, corrige Papa. Regarde bien.

Je m'approche et j'effleure mon bureau du bout des doigts. Aussitôt, il s'affaisse comme s'il était en chewing-gum ! Surprise, je recule un peu et mon bras touche le montant du lit… qui se liquéfie à son tour. Papa et Maman rient dans mon dos. Je ne comprends pas pourquoi ils trouvent ça si drôle. Mais quand je me retourne pour le leur demander, leurs têtes ont été remplacées par celles de Paul et Natasha. Je pousse un cri d'effroi et, bien évidemment, je me réveille. Encore un mauvais rêve…

Il m'arrive régulièrement de revoir mes parents pendant mon sommeil, et j'attends toujours ces rencontres avec impatience. C'est peut-être seulement le fruit de mon imagination, mais j'ai le sentiment qu'ils utilisent ces rêves pour m'adresser leurs conseils. Une fois de plus pourtant, leur message est assez confus… Qu'ont-ils bien pu vouloir me dire ? Le cœur encore palpitant, j'allume ma lampe de chevet et je note toute l'histoire sur un cahier spécial que je garde toujours à ma portée. À la relecture, sa signification m'apparaîtra peut-être plus clairement…

Puis je me rendors en pensant qu'il faut que j'appelle Bernadette demain, sans faute.

Le lendemain, c'est dimanche, et je compte bien profiter de mon lit le plus longtemps possible.

Alors que je suis confortablement blottie sous ma couette, une masse oppresse soudain ma poitrine. À moitié étouffée, je tente sans succès de me dégager. On me passe alors une éponge humide sur le front et les joues. Mais, au lieu de me nettoyer, j'ai l'impression qu'elle m'enduit de l'épaisse bouillie noirâtre d'hier soir. Au secours ! Ça suffit, les rêves désagréables ! Pourtant cette paralysie, cette humidité, cette odeur sont bien réelles…

Reprenant peu à peu mes esprits, je comprends que l'éponge est en fait une langue qui me lèche consciencieusement le visage. Le chien de la famille Plimpier a sauté sur mon lit et pèse de tout son poids sur moi. Son haleine est épouvantable… Il a dû s'enfiler l'horrible plat de restes de la semaine et d'épluchures, que j'ai pris pour des topinambours. Beurk ! Je vais vomir dans mon lit. J'ai beau le pousser de toutes mes forces, il a l'air de prendre ça pour des caresses et il continue de plus belle à baver sur moi… Tu parles d'un réveil !

— Amphibie, laisse Coki tranquille !

Les quelques mots de Suzanne ont plus d'effet que mes tentatives désespérées, et Amphibie file sans demander son reste.

— On dirait qu'il t'aime bien, constate Suzanne, amusée.

— Je ne sais pas pourquoi, mais tous les chiens adorent me léchouiller.

— C'est que tu dois avoir bon goût !

— Meilleur goût que les restes de la semaine, j'espère…

Pendant que toute la famille s'affaire à préparer le repas du dimanche, je parviens à m'éclipser dans la grange avec mon téléphone. J'espère que Bernadette ne m'en voudra pas trop de l'avoir fait attendre un peu…

- Nadette ? C'est Coki.
- …
- Allez, Bernadette, réponds. Je suis sûre que tu n'es pas loin !
- D'accord, j'suis là…
- Tu fais la tête ?
- Pourquoi je ferais un truc pareil ? Ça fait juste DEUX JOURS que tu dois m'appeler. DEUX JOURS que tu me laisses sans nouvelles. DEUX JOURS que je me morfonds. DEUX JOURS que je

m'imagine que des choses terribles te sont arrivées. DEUX JOURS que…

Ma meilleure amie a tendance à tout exagérer, mais disons que… ça fait partie de son charme. Je laisse donc passer l'orage en silence.

- Bon, maintenant que je suis en ligne, raconte ! Et plus vite que ça !
- À vos ordres, général Nadette !

Sans me faire prier, je lui détaille mon périple à partir de Paris avec Manu et mes premières mésaventures chez les Plimpier.

- Super, great, parfait ! Mais j'aimerais quand même que tu m'expliques pourquoi tu as mis tant de temps à me contacter.
- Tu sais où je me trouve, là, en ce moment ?
- Ben ouais, dans un bled paumé de la Creuse dont j'ai oublié le nom.
- Julles, en l'occurrence. Mais précisément où ?
- Dans ta chambre, dans le salon des Trucmuche, aux toilettes… Keske j'en sais, moi ?
- Au fin fond d'un grenier plein de poussière et de toiles d'araignées. Et pour y arriver, j'ai failli me casser la figure sur une échelle déglinguée et passer à travers un plancher tout pourri.

- Comprends pas. Pourquoi tu te mets dans un coin pareil ?
- Parce que c'est le seul endroit à des kilomètres à la ronde où mon téléphone CAPTE !
- Tu rigoles ? Quand je disais « bled paumé » tout à l'heure, je pensais quand même « un petit peu civilisé ». Là, c'est carrément… la préhistoire !
- Tu ne crois pas si bien dire : les parents Plimpier ne veulent pas que leurs enfants aient un téléphone portable !
- Non ! Et comment t'as fait pour garder le tien ?
- Je le cache. Je leur ai fait croire que je l'avais laissé à Paris.
- Quoi ! Tu as MENTI !! Toi, Coquelicot Ploum, la plus honnête fille que je connaisse, tu as raconté des craques à ta famille d'accueil ! J'y crois pas !
- J'ai fait ça pour toi, je te signale. Pour qu'on puisse continuer à se parler par-delà les mers, autrement que par courrier ou par signaux de fumée.
- En tout cas, j'avais raison : la campagne, c'est dangereux. Il faut que tu appelles tout de suite la juge Farçon ou ton tonton pour qu'ils viennent te sortir de là. Et vite fait !
- Certainement pas. Les Plimpier ont des principes, c'est sûr, mais ils sont aussi très sympas et ils font

plein de trucs géniaux. Ils cultivent leurs légumes, ils traient leur vache. Ils vont même me montrer comment ils récoltent du miel !

C'est ça, ils font aussi du feu avec des silex et ils chassent les ours pour s'habiller avec leurs peaux... Écoute-moi bien, Coki : tes trucs écolos, c'est peut-être génial, mais ce n'est pas une raison pour retourner à l'état sauvage. S'il y a le moindre problème ou si je n'ai plus de tes nouvelles, j'appellerai moi-même le vieux Jo.

T'inquiète, miss HK, on se tient au courant... Je t'appellerai dès que je pourrai, mais pas forcément tous les jours, hein... Je te laisse... J'entends qu'on crie mon nom.

Effectivement, c'est Paul qui se demande où je suis passée. Il m'appelle de la terrasse pour m'emmener voir ses abeilles. Je descends aussi vite que possible de mon grenier, évitant les lattes de plancher les plus branlantes et me laissant glisser le long de l'échelle. Puis je me hâte de revenir vers la maison en traversant le jardin.

— Coquelicot, c'est toi ? Tu es là ?

Flûte ! Il m'a vue et vient à ma rencontre ! Je m'aperçois alors avec horreur que j'ai mon téléphone à la main, et aucune poche dans mes vêtements pour le dissimuler. Trop tard pour rebrousser chemin et le mettre dans la grange. Comme une bête traquée, je me tourne de tous côtés à la recherche d'une solution... Et Paul qui approche d'un bon pas ! À ma droite, il y a le potager, avec ses rangées de poireaux et ses tomates : aucune cachette à l'horizon. À ma gauche, quelques vieux arbres d'une ancienne allée. La moins pire des solutions est de m'en débarrasser au pied de l'un d'eux. Sans même réfléchir, je fais quelques pas de côté et là, miracle, j'aperçois un trou au pied d'un arbre tout proche. Parfait pour y dissimuler mon appareil.

J'ai à peine le temps de m'accroupir et de me relever que Paul m'a déjà rejointe.

— Mais qu'est-ce que tu fais ? Je te cherche partout depuis dix minutes.

— Euh... j'étais juste partie faire un petit tour de la propriété... C'est vraiment magnifique ici...

Décidément, avec les Plimpier, les mensonges me viennent de plus en plus facilement. Le visage de Paul s'éclaire d'un grand sourire.

— Je suis content que ça te plaise ! Toujours prête pour les ruches ?

— Bien sûr !

— On va d'abord passer par mon atelier pour s'équiper.

Ouf, sauvée ! Il n'a rien remarqué…

Une fois revêtue d'une combinaison blanche avec bottes et gants, genre cosmonaute, deux fois trop grande pour moi, je pars avec Paul en direction des bois. Blasés, Suzanne et Marcel ont préféré rester pour aider Natasha à préparer le déjeuner. Amphibie, lui, a décidé de nous accompagner et batifole autour de nous. Après quelques minutes de marche, nous parvenons à l'orée d'une clairière. Au milieu, se dresse un village de petites maisons de bois : les ruches ! On distingue vaguement autour d'elles un nuage doré d'insectes. Sans un mot, Paul me tend un chapeau avec un masque grillagé, puis me fait signe de le suivre. Amphibie reste prudemment en retrait. Au fur et à mesure que nous approchons, le bourdonnement devient plus fort. Les abeilles sont tout autour de nous et semblent plutôt agacées par notre intrusion.

Certaines s'agrippent au grillage de nos chapeaux. Pourvu qu'elles ne puissent pas se faufiler à travers ! Mais pourquoi ai-je voulu venir ici ? Est-ce que les abeilles peuvent sentir la peur ? Mon cœur bat à tout rompre et je n'ai qu'une seule envie : m'enfuir… tout en me disant que je ne suis pas sûre de pouvoir leur échapper, même en courant très vite. Presque malgré moi, je mets ma main dans celle de Paul. Que va-t-il penser ? Je tente aussitôt de la retirer, mais il la serre fermement et me sourit à travers son masque.

— N'aie pas peur !

Même à travers nos deux gants, le contact avec sa main est étrangement rassurant. Peu à peu, ma panique diminue et ma respiration reprend un rythme normal. Paul ouvre le toit de l'une des ruches. À l'intérieur, plusieurs cadres en bois sont rangés verticalement. C'est un impressionnant grouillement de corps et d'ailes. Pourtant, chaque abeille semble parfaitement savoir ce qu'elle a à faire. Quand il retire l'un des cadres pour me le montrer, l'agitation monte d'un cran et les vrombissements de quelques décibels.

— Tu vois, là, au milieu, cette grande abeille ? C'est la reine !

Dans la masse innombrable, j'ai l'impression qu'elles sont toutes pareilles. Puis, en observant plus attentivement, j'en repère une plus grosse, autour de laquelle les autres s'affairent.

— Il n'y en a qu'une par ruche, poursuit Paul. Elle est la seule à pondre et y passe d'ailleurs sa vie…

Paul parle tellement bien de son métier d'apiculteur que je pourrais passer ma vie à l'écouter en lui tenant la main. J'ai d'autant plus honte de lui avoir menti quelques instants auparavant…

Chapitre 7
un trajet à vélo et un voyage à Paris

— Alors, cette promenade ? m'interroge Marcel, lorsque que nous rentrons à la maison. Papa ne t'a pas trop saoulée avec ses abeilles ?

— Non, j'ai adoré...

Suzanne m'adresse un petit sourire.

— Ne te crois pas obligée de dire ça, tu sais. Papa est passionné par ce qu'il fait, mais il peut lui arriver d'ennuyer les autres. Tu as eu peur ?

— Bien sûr que non. Pourquoi j'aurais eu peur ?

Pour éviter d'autres questions gênantes, je préfère changer de sujet de conversation :

— Et ce poulet, il est cuit ?

Pour toute réponse, Marcel pointe son doigt à la verticale. Obéissante, je lève la tête pour comprendre ce qu'il veut dire. D'accord, quelques jolis nuages ventrus avancent lentement dans le ciel, et alors ? Quel rapport avec notre déjeuner ?

— C'est à cause du four solaire, m'explique Suzanne. Tu sais ce que c'est, un four solaire ?

— Évidemment, m'empressé-je de lui répondre, alors que c'est la première fois de ma vie que j'entends parler d'un truc pareil.

En même temps, ce n'est pas trop difficile à deviner, car le poulet trône devant nous, au milieu d'une sorte de grand saladier couvert de miroirs.

— Celui-là, c'est Papa qui l'a inventé et construit, annonce fièrement Suzanne. Et il cuit uniquement grâce au soleil !

— Aucune énergie fossile consommée. 100 % écologique, récite Marcel d'une voix de perroquet.

— Seul problème : le ciel gris, qui a ralenti la cuisson. À ce rythme-là, Maman dit qu'on en a encore pour une bonne demi-heure.

Le micro-ondes de l'oncle Jo était plus rapide, mais bon… J'espère que le poulet des Plimpier sera quand même meilleur que les surgelés du tonton ! C'est que j'ai faim, moi, après cette matinée !

Puis le soleil finit par revenir, le poulet par cuire, et nous passons à table… Paul est assis en face de moi et, en le regardant, je ne peux m'empêcher de repenser à notre visite des ruches. Pas tellement à ce qu'il m'a raconté (pour être honnête, j'en ai déjà oublié les trois quarts), mais plutôt à l'étrange sentiment de protection que j'ai ressenti lorsqu'il me donnait la main. Qui d'autre m'a tenue ainsi depuis la mort de mes parents ? Personne. Et je relie aussitôt cet épisode à mon rêve de la nuit. En me montrant les meubles de mon ancienne chambre, Papa et Maman voulaient-ils me dire que j'étais ici un peu chez moi ? Mais pourquoi leurs visages sont-ils soudain devenus ceux de Paul et Natasha ? Est-ce qu'ils me conseillaient de considérer les Plimpier comme mes parents ? Est-ce qu'ils m'avertissaient de ne pas le faire ? Est-ce qu'ils craignaient que je les oublie ? Je suis plongée dans un abîme de réflexions…

— Ohé, Coki, tu rêves ? me demande Suzanne.

— Non, pas du tout…

— Pourtant, tu regardes Papa bizarrement, renchérit Marcel.

— Laissez Coquelicot tranquille, intervient Natasha. On vous y verrait, vous, à changer complètement de vie et à débarquer dans une famille que vous ne connaissez pas, à l'autre bout de la France !

Ah oui, c'est ce que j'ai fait ? Résumé comme ça, c'est vrai que ça fait peur… pourtant, le sourire que m'adresse Natasha me réchauffe le cœur.

— Elle ne répond pas quand on lui parle, se justifie Suzanne.

— On peut aller faire un jeu de société tous les trois ? insiste son frère.

— C'est bon, filez, je débarrasserai avec Maman, conclut Paul.

Le lendemain, alors que je dors paisiblement, je suis à nouveau secouée sans ménagement. Je riposte en balançant de grands coups de pied un peu au hasard.

— Amphibie, ça suffit maintenant ! Dégage, sale clebs !

— Coquelicot, ce n'est pas Amphibie. C'est moi, Natasha.

Hein ? Quoi ? La journée n'a même pas commencé que j'ai déjà fait ma première gaffe ! Si je pouvais, je disparaîtrais tout au fond de mon lit… Rouge comme une tomate (ou comme un coquelicot, si vous y tenez), je risque un œil hors de ma couette.

— Oh, pardon… j'ai cru que… Enfin, je croyais…

Par chance, Natasha a l'air de trouver ça plutôt drôle.

— Ce n'est pas grave du tout. Mais il est l'heure de te lever.

— Maintenant ? En plein milieu de la nuit ?

— Il est sept heures, Coquelicot. On est lundi et tu fais ta rentrée au collège aujourd'hui. Suzanne est déjà en train de s'habiller…

— Allez, hop ! On y va ! me lance Suzanne alors que je viens à peine de terminer ma première tartine de petit-déjeuner.

— Pas maintenant. Je dois encore goûter deux ou trois miels de ton père…

Devant moi s'étalent une dizaine de pots, plus appétissants les uns que les autres, avec des couleurs allant du jaune transparent au brun le plus foncé.

— On n'a plus le temps. Tiens, prends ton casque.

Un casque, pour quoi faire ? Non, pas possible ! Ce n'était donc pas une blague : nous nous rendons bien au collège à vélo ! Sans tenir compte de mes protestations, ma nouvelle copine m'entraîne vers le garage. À moitié réveillée, j'enfourche la bicyclette qu'elle me tend.

Natasha se tient sur le pas de la porte pour nous dire au revoir.

— Mais Coquelicot, tu n'es pas couverte comme il faut. Tu vas attraper froid ! s'écrie-t-elle en m'apercevant. Attends un peu !

Et, avant que j'aie eu le temps de protester, elle a enroulé une écharpe en coton autour de mon cou.

— Bonne journée, me souffle-t-elle en déposant un baiser sur mon front.

Je n'en reviens pas : exactement comme Maman quand je partais chaque matin de la maison ! Je suis tellement surprise que, soudain, j'ai tout oublié, même la façon dont on fait du vélo. Une boule d'émotion me bloque la gorge. Si elle explose, c'est sûr, je vais m'effondrer en larmes. C'est fou, l'effet d'un simple bisou…

Heureusement pour moi, Suzanne s'impatiente déjà à l'autre bout de l'allée. Ses appels me délivrent du sortilège qui me retenait paralysée. Je parviens à donner quelques coups de pédale, avant d'adresser à Natasha un petit signe de la main.

Emportées par la descente, nous rebondissons sur les cailloux du chemin. Autour de nous, tout est silencieux. Le soleil n'est encore qu'un rond pâle dans les brumes de l'aube. Sur le bord de la chaussée, de grandes herbes fument d'humidité et, derrière elles, les arbres dessinent des silhouettes un peu inquiétantes. Je suis désormais tout à fait réveillée. Une fois sur la route, je pédale de toutes mes forces, mais j'ai l'impression que ma copine passe son temps en roue libre pour m'attendre…

Vingt minutes plus tard, nous sommes arrivées au collège. Après avoir rangé nos vélos dans un énorme garage grillagé, nous nous rendons chez le proviseur. Comme Suzanne a le même âge que moi, il a décidé que nous serions dans la même classe. Même si je ne la connais que depuis deux jours, je suis vraiment contente de rester avec elle. Le proviseur me présente solennellement à mes nouveaux camarades. Ce n'est pas tout à fait l'arrivée discrète que j'espérais… Tous les regards sont braqués vers moi, pas hostiles, c'est vrai, mais pas franchement accueillants non plus… J'ai plutôt l'impression d'être une créature bizarre, un animal de cirque. « C'est la Parisienne », dit quelqu'un à mi-voix. Je suis incapable de savoir si c'est un bon ou un mauvais point…

Suzanne me fait signe de m'asseoir près d'elle.

— J'espère que je n'ai pas chassé ton voisin ou ta voisine habituels, lui murmuré-je à l'oreille.

— Ne t'en fais pas : personne ne se met jamais à côté de moi.

Je voudrais bien lui demander pourquoi, mais la prof de français nous donne l'ordre de nous taire. On verra plus tard…

À la récréation, je me retrouve entourée par une partie de la classe et mitraillée de questions. Décidée à m'intégrer, je tente de répondre du mieux que je peux, même aux plus idiotes.

— Alors, c'est vrai, tu viens de Paris ?

— Oui. *(Ça se voit tant que ça ?)*

— T'as déménagé avec tes parents ?

— Ils sont morts. *(Au début, j'avais du mal à le dire ; maintenant, j'y arrive, mais ça me fait quand même bizarre.)*

— T'es orpheline, alors ?

— Bonne déduction. *(Sans commentaire.)*

— Pourquoi t'es venue ici ?

— Pour me trouver une nouvelle famille, justement. *(À voir leurs têtes, ce n'est pas la bonne réponse.)*

— Non, mais pourquoi ici, précisément ?

— Parce que j'aime la campagne. *(J'espérais enfin marquer un bon point... Raté !)*

— La campagne ? La cambrousse, tu veux dire ! Et c'est toi qui as choisi ?

— Évidemment. *(Bon, d'accord, j'aurais pu ajouter : avec la juge Farçon, mon oncle Jo et Manu, mon psy.)*

— Et pourquoi la famille de Suzanne, alors ?

— Parce qu'ils ont proposé de m'accueillir, pardi ! *(Hou là là, je sens que ça dérape.)*

— Y sont bizarres ces gens-là, non ?

— … *(C'est quoi cette question ?)*

Je me tourne vers Suzanne, restée en retrait, mais celle-ci fixe obstinément un point quelque part sur ses chaussures.

— Ben oui, avant, y z'avaient une belle situation, une belle maison, la vie rêvée quoi ! explique un grand type costaud. Et y z'ont tout abandonné pour aller faire du miel dans une vieille ferme. En plus, y veulent pas de télé, pas d'ordinateur, pas de téléphone portable. Rien de ce qui est moderne. Tu trouves que c'est normal, toi ?

— Mon père dit que c'est des Parisiens qui veulent vivre comme avant la guerre, insiste une rouquine.

— Avant la guerre ? Ma copine Bernadette parle plutôt du Moyen Âge ou de la préhistoire !

La réponse a fusé presque malgré moi et amuse beaucoup le petit groupe. Une fois de plus, j'ai parlé sans réfléchir et je m'en veux aussitôt en voyant Suzanne au bord des larmes. Je ne peux pas en rester là :

— Mais elle se goure complètement. Vous croyez que c'est moderne de passer sa vie à répondre à des messages sans intérêt ? à poster des photos ratées à la Terre entière ? à s'enfiler en continu des vidéos stupides ? à jouer des heures à des jeux débiles qui vous bouffent le cerveau ? Non. Bien sûr que non ! Être moderne, c'est savoir se servir intelligemment de la technologie pour vivre en harmonie avec la nature. Et c'est ce que font les Plimpier. Moi, en fait, je les admire !

Alors là, ils sont tous scotchés, les petits Creusois ! Incapables de sortir un mot ! Même moi, accro à mon portable comme je le suis, j'ai du mal à croire que j'aie pu sortir un discours pareil.

— T'as peut-être raison..., finit par lâcher la rouquine d'une petite voix.

Pour la première fois depuis le début de cette conversation, je croise le regard de Suzanne. Elle me sourit avec reconnaissance. À cet instant, une sonnerie annonce le retour en cours et met fin au match. Coki, vainqueur !

En remontant les escaliers, ma nouvelle copine serre sa main dans la mienne.

— Merci d'avoir pris notre défense, me souffle-t-elle à l'oreille. Les gens ont du mal à comprendre, ici...

Plus tard, à la cantine, elle m'explique que ce n'est pas toujours simple d'être une Plimpier au collège. Et pour Marcel à l'école, c'est encore plus difficile.

— On voudrait être comme les autres, des enfants du coin. C'est ce qu'on est d'ailleurs… Mais ici, tout le monde connaît l'histoire de Papa et Maman, et du coup, c'est impossible. On nous appelle les « Parigots », alors que j'ai passé la plus grande partie de ma vie à Julles… Et Marcel, il était bien trop petit quand nous sommes partis pour se souvenir de Paris. C'est pour ça qu'il rêve d'y aller : comme on ne le considère pas comme un gars de la campagne, il a décidé qu'il serait un vrai citadin.

— Ah, c'est pour ça qu'il veut absolument que je vous emmène là-bas…

— Oui, les parents n'ont aucune envie d'y retourner. Ça leur rappelle soi-disant des mauvais souvenirs. Ils prétendent qu'il n'y a aucune urgence, qu'on pourra toujours visiter quand on sera plus grand, etc…

— Eh bien d'accord, on ira tous les trois à Paris, dans ce cas. Promis !

Encore une fois, j'aurais mieux fait de me taire…

Chapitre 8
une grave erreur et une truffe

Le soir, chez les Plimpier, je me précipite vers la grange, après avoir récupéré mon portable au pied de l'arbre où je l'ai déposé la veille. J'ai promis à Bernadette de lui faire un compte rendu de mon premier jour au collège.

- Comment elle va, today, ma Coki ?
- Crevée, ma Nadette. Figure-toi qu'on va en cours à vélo. À l'aller, ça va, mais au retour, le chemin monte un max. J'en peux plus !!!
- T'attends pas que je te plaigne, j'espère ?
- Bien sûr que non. Je te raconte, c'est tout.
- Ouais… Je te rappelle que je t'ai déjà dit que ta famille était zinzin. Et tu m'as envoyée balader en me disant de m'occuper de mes oignons. Tu n'as que ce que tu mérites…

- Mais j'adore le vélo. C'est juste que je manque un peu d'entraînement.
- C'est ça... Tu ferais mieux d'avouer.
- Avouer quoi ?
- Que tu as fait une grave erreur en choisissant les Plimpier et que tu vas rentrer chez ton tonton dès demain.
- Bon, tu veux que je raconte ma journée, oui ou non ?
- Allez, envoie... Y sont comment dans ta classe ?
- Tu vas être contente : la moitié pense, comme toi, que les Plimpier sont dingues d'avoir quitté Paris et de refuser le progrès technique.
- Et l'autre moitié ?
- Je ne sais pas trop, mais j'espère bien l'avoir convaincue du contraire. Allez, ciao...

Après ma conversation avec Bernadette, je prends bien soin de remettre mon portable dans le trou au pied de l'arbre, une cachette idéale. Il faudra pourtant que je trouve bientôt un moyen de recharger discrètement la batterie...

En revenant vers la maison, je croise Paul dans sa tenue blanche d'apiculteur, Amphibie à ses côtés. Il me propose de l'accompagner jusqu'aux ruches, mais je dois refuser car la prof de maths m'a donné du travail pour rattraper mon retard par rapport à la classe. En souriant, il m'assure que ce n'est que partie remise et s'éloigne en appelant son chien. Mais celui-ci n'a aucune envie de suivre son maître. Le nez au sol, il me dépasse et se dirige vers la grange.

— Amphibie, viens ici ! Au pied ! Qu'est-ce qu'il t'arrive ? lui lance Paul en revenant vers moi.

Sans lui prêter attention, le chien se dirige vers l'allée de grands arbres qui borde le potager. Curieux, nous lui emboîtons le pas. L'itinéraire d'Amphibie obéit à une logique connue de lui seul. Il court le nez au sol, puis ralentit, s'arrête par instants, renifle avec application avant de faire demi-tour, ou de repartir vers l'avant en quelques bonds. Lui, d'habitude si joyeux, semble absorbé par une tâche d'intérêt supérieur.

— Je sais ! s'exclame Paul. Il a dû sentir une truffe !

— Comment ça ?

— Tu sais ce que c'est qu'une truffe, Coquelicot ?

— Ben oui, un champignon...

— Plus exactement, le fruit d'un champignon. Dans la terre où elle pousse, on dirait un caillou noirâtre. Un peu comme la truffe d'un chien, justement. Bref, ça ne ressemble pas à grand-chose. Mais de près, hum ! ça dégage un arôme étonnant, reconnaissable entre mille. Et le goût ! Il suffit d'une mince lamelle pour parfumer toute une omelette... Délicieux.

— Et cher, aussi, non ?

— Plusieurs centaines d'euros le kilo. C'est pour ça que le talent d'Amphibie est si précieux. Nous avons découvert par hasard qu'il était doté d'un odorat exceptionnel. C'est un véritable chien truffier. Il est capable de sentir une truffe de très loin, même quand elle est profondément enfouie dans la terre. Dès qu'il l'a repérée, il gratte le sol juste au bon endroit, et nous n'avons plus qu'à la cueillir.

Pendant que Paul me fait sa leçon, Amphibie s'est peu à peu rapproché de l'arbre au pied duquel j'ai caché mon portable. Pourvu qu'il aille vite voir ailleurs... Toujours concentré, il tourne un moment autour du tronc puis part inspecter le suivant. Paul, émoustillé par cette sorte de chasse au trésor, l'encourage de la voix :

— Cherche, Amphibie. Cherche la bonne tru-truffe !

Peu à peu gagné par l'excitation de son maître, Amphibie est de plus en plus fébrile. Je retiens ma respiration tandis qu'il s'éloigne peu à peu de mon téléphone. Quoique pour des raisons différentes, Paul et moi ne le quittons pas des yeux. Allez, le chien, file et va chercher ta truffe ailleurs ! Mais le voilà qui pile net, comme s'il s'était soudain rappelé qu'il avait oublié quelque chose... Et il revient droit vers l'arbre que je voudrais qu'il évite plus que tout au monde. Non ! Non et non ! Il s'est même arrêté face au trou, la queue frétillante. Je crains le pire. Paul semble perplexe :

— C'est bizarre...

Je suis saisie par un terrible pressentiment :

— Comment ça, bizarre ?

— D'habitude, les truffes poussent plutôt au pied des chênes. Mais sous un frêne, je n'ai jamais vu ça...

— Il a dû se tromper. Il faut l'emmener voir ailleurs. Allez, Amphibie, viens pas ici !

Mais ni le chien ni le maître ne me prêtent la moindre attention.

— Natasha ! Suzanne ! Marcel ! crie Paul à tue-tête. Venez vite ! Amphibie va dénicher une truffe !

— Ce n'est peut-être pas la peine de les faire venir si vite... S'il s'est trompé, ce serait dommage de leur donner de faux espoirs.

Évidemment, mes tentatives désespérées pour éloigner la famille Plimpier n'ont aucun effet. En moins de deux, les trois accourent et s'attroupent autour du chien.

— Vas-y Amphibie ! T'es le plus fort ! Ah, le bon chienchien ! Ramène-nous le bon miam-miam ! Fonce, tu vas l'avoir !

Tous rivalisent d'encouragements plus ridicules les uns que les autres. Sauf moi, bien sûr. Excité par les cris, Amphibie est devenu comme fou. Il gronde et glapit, tout en labourant la terre de ses pattes. Une sueur froide me coule dans le bas du dos. Je suis maintenant convaincue que ce stupide clebs en veut à mon portable.

— Oh, elle doit être énorme, cette truffe ! Il a du mal à l'attraper ! Ou bien elle est cachée en dessous des racines ! s'exclament tour à tour les Plimpier qui se sont encore rapprochés.

Moi, je suis restée un peu en arrière, prête à m'enfuir ou à faire n'importe quel truc idiot pour échapper à ce qui va suivre. Un instant, je caresse le mince espoir que le trou au pied du tronc soit trop étroit pour qu'il puisse prendre l'engin dans sa gueule...

— Je vais l'aider ! lance Marcel.

— Laisse-le, il va très bien s'en sortir tout seul ! rétorque Suzanne.

Les pensées se bousculent dans ma tête. Pourquoi ai-je eu l'idée de planquer mon téléphone dans ce trou, alors qu'il existait des millions d'autres cachettes possibles ? Pourquoi n'ai-je pas tout simplement avoué aux parents Plimpier que j'avais un portable avec moi ? Et d'ailleurs, pourquoi ai-je choisi une famille qui ne veut pas de portable ? J'avais pourtant le choix sur *famillealessai.com*...

Tout cela ne me mène à rien. Réfléchis, Coki, trouve une idée ! Je suis sûre que, dans des circonstances pareilles, Bernadette me serait d'un grand secours... Mais bien sûr, le seul moyen de la joindre est mon téléphone, que ce maudit cabot s'obstine à vouloir déterrer !

Amphibie est d'ailleurs au comble de l'énervement. Sa queue s'agite frénétiquement. Tous se taisent, dans l'attente du dénouement. Je n'en peux plus...

— Ce suspense est insoutenable ! chuchote Natasha en souriant.

Je ne vois pas ce que ça a de drôle ! Bientôt, mon misérable forfait va être révélé à la face du monde, et je ne vois aucun moyen d'y échapper.

Une diversion. Voilà ce qu'il faut que je trouve. Je vais prétexter que j'ai des devoirs à faire et rentrer tranquillement à la maison. Aucun intérêt : ça n'empêchera rien du tout... Autre solution : je simule une crise d'épilepsie et je me roule par terre, la bave aux lèvres et en hurlant : « Au secours, je vais mourir ! » Mouais... Pas terrible comme idée. Et puis, si je parviens à détourner l'attention des humains, ça n'arrêtera pas Amphibie de continuer à creuser. Ou bien, je leur crie : « Au feu ! Il y a des flammes dans la grange ! » Et pendant qu'ils se retournent, je bondis jusqu'au pied de l'arbre, j'arrache mon téléphone de la gueule du chien et je l'enfouis discrètement dans ma poche... Complètement irréaliste comme plan.

En plus, ils sont tellement captivés par cette histoire de truffe qu'ils seraient bien capables de laisser leur grange brûler sans lever le petit doigt…

— Ça y est ! Il l'a ! s'exclame Paul.

À cet instant, un mot bizarre me vient en tête. Inéluctable. Je me souviens l'avoir trouvé dans un livre et avoir regardé sa signification dans un dictionnaire. C'était quelque chose comme un truc qu'on voit arriver, mais auquel on ne peut absolument pas échapper. Voilà ma situation résumée en un seul mot : INÉLUCTABLE !

Tous sont maintenant épaule contre épaule autour du chien. Existe-t-il une chance, même infime, pour que, malgré tout, Amphibie ait trouvé une truffe, juste à l'endroit où j'ai planqué mon téléphone ? Non, aucune.

— Tiens, c'est bizarre, finit par dire Natasha.

Tu parles que c'est bizarre ! C'est dans un moment pareil que j'aimerais assez voir les extraterrestres débarquer. Ils m'enverraient un rayon laser du haut de leur vaisseau spatial et pfuit ! je disparaîtrais instantanément pour me retrouver dans n'importe quel endroit de la galaxie à plus de dix années-lumière d'ici !

— Allez le chienchien, donne, donne à Papa ce que tu as trouvé.

Amphibie, si tu pouvais au contraire l'avaler, ce serait une super-idée. Et t'étrangler avec, pendant qu'on y est ! Mais le chien recrache ce qu'il a dans la gueule au pied de ses maîtres. Tous se rapprochent encore et se penchent pour mieux voir.

— Non, ça ne ressemble pas vraiment à une truffe, confirme Paul.

— On dirait plutôt... une sorte de calculette, réfléchit Natasha à voix haute.

Suzanne et Marcel ont enfin pigé et se tournent vers moi, médusés. La langue pendante, Amphibie nous regarde tour à tour, attendant des félicitations qui ne viennent pas. Il a deviné que quelque chose clochait. Sa queue cesse de battre, mon cœur aussi. « Dans la bourrasque et la bataille, l'esprit clair tu garderas », annonce le septième principe du colonel Ploum. C'est le moment, Coki, sois brave ! Il est temps d'assumer.

— C'est mon téléphone portable.

J'ai prononcé ces mots d'une voix si fluette que c'est comme si quelqu'un d'autre avait parlé à ma place.

— Comment ? demande Paul, le sourire encore collé aux lèvres.

Il doit pourtant savoir ce que c'est, non ? Je respire un grand coup.

— C'est mon té-lé-phone por-table !

Cette fois, j'ai dû crier car tous les Plimpier, chien compris, ont sursauté.

— Ton… téléphone ?

Paul et Natasha sont abasourdis. Je peux voir leurs petites cellules grises s'activer au fur et à mesure qu'ils envisagent les conséquences de mes paroles… Coki a un téléphone… Et elle l'a caché dans le trou d'un arbre… parce qu'elle ne voulait pas qu'on le voie… parce qu'elle nous a dit qu'elle n'en avait pas… Donc, elle nous a menti… MENTI !

Et là, comble de l'horreur, l'écran s'allume et on entend un petit « Pouêt pouêt ! ». Le son que j'ai spécialement paramétré pour les messages de Bernadette…Nous sommes si près de l'engin que tout le monde peut lire le texte qui défile :

Alors, Coki, on s'éclate chez les Cro-Magnon ?

Je n'ose même pas bouger d'un millimètre, de peur de croiser le regard d'un Plimpier. Je voudrais ne plus exister. Moi qui pensais avoir gagné le championnat de honte toutes catégories… Grâce à Bernadette, je viens de pulvériser le record du monde.

Sans mot dire, Paul ramasse l'engin couvert de bave, l'essuie sur la manche de sa combinaison de cosmonaute et le met dans sa poche. Il pourrait rouspéter, tempêter, me faire part de sa déception ou de sa colère, mais il ne dit rien, et c'est presque pire.

Chapitre 9
une détresse et une promesse

Un à un, les Plimpier repartent en silence vers la maison et je reste seule face à Amphibie. Encore surpris par ce qui vient de se passer, le chien incline la tête à droite et à gauche, comme s'il voulait me poser une question qu'il n'arrivait pas à formuler. Et, tandis que je m'assieds, il vient poser son museau sur mes genoux.

— Mon pauvre Amphibie, tu m'as vraiment mise dans une situation impossible. Et avec ma toute nouvelle famille d'accueil, en plus... Non, ce n'est pas vrai. Je suis injuste : la seule responsable de ce qui arrive, c'est moi. Et un petit peu Bernadette, en cerise sur le gâteau. Mais c'était stupide de vouloir garder mon portable dans cette cachette. Et puis ce mensonge... Oh là là, dans quel pétrin me suis-je encore fourrée !

Comme s'il me comprenait, le chien pousse un long gémissement. Je sens monter au fond de mon ventre une vague de tristesse. Je sens déjà un goût salé au fond de ma gorge, cette vague va tout emporter sur son passage. Je m'accroche au regard doux et humide d'Amphibie comme à une bouée. Je me blottis contre lui et je ferme les yeux. Je voulais tellement garder un lien avec ce qui me reste de famille…

— Nous aurions dû le comprendre, tu sais.

Hein ? Quoi ? Un chien qui parle ! Non, cette voix douce vient de derrière… Je me retourne : c'est Natasha qui s'est approchée sans bruit et s'accroupit à nos côtés. Je suis à peine capable de bégayer un mot :

— Pa… pardon.

— Mais non, Coquelicot, c'est à nous de nous excuser.

— Comment ça ? Vous… vous n'êtes pas fâchés contre moi ?

— C'est de notre faute si tout cela est arrivé. Nous avons été égoïstes. Nous t'avons présenté notre façon de vivre sans penser à toi une seconde. Pourtant, tu viens chez nous avec ton histoire, ta vie, tes amis, qui sont aussi importants que les nôtres. Nous n'avons pas le droit de t'obliger à faire table rase de ton passé. Du coup, c'est normal : tu ne nous as pas fait confiance.

Et là, Natasha me prend dans ses bras. La grande vague de tristesse me submerge, mais au lieu de tout détruire sur son passage, elle retombe doucement sur la plage. Les larmes que je ne peux m'empêcher de verser sont plus douces.

Quand nous retournons finalement à la maison, la nuit est déjà tombée. Paul est penché sur la table de la cuisine, une grosse lampe illuminant le téléphone qu'il a posé devant lui.

— Avec toute la bave d'Amphibie, il n'est pas étonnant qu'il ne marche plus, m'annonce-t-il doucement. On va attendre que ça sèche pour décider ce qu'on doit faire…

Qu'est-ce que je me rappelle de la soirée qui suit ? Pas grand-chose. Je suis dans une dimension parallèle. Je ne comprends absolument rien des conversations autour de moi, les aliments que je porte à ma bouche sont en carton et je n'ai qu'une envie : aller me cacher au fond de mon lit. Tout le monde est très gentil avec moi, ce qui ne fait qu'ajouter à mes remords.

Au moment de nous coucher, je découvre une enveloppe posée sur l'oreiller de mon lit. Encore une mauvaise nouvelle ? Non, c'est le vieux Jo !

Ma chère Coquelicot,

Après une escale à Buenos Aires, je suis bien arrivé ce matin à Ushuaia et j'ai hâte de rencontrer mes collègues argentins, spécialistes des Yamanas...

Une carte postale de mon oncle ! Je ne comprends pas tout ce qu'il dit, mais c'est normal : il est ethnolinguiste. C'est son métier. En gros, ça veut dire qu'il étudie les langues étrangères et les gens qui les parlent. J'imagine donc que les « Yamanas » sont les gens du coin.

Comme tu le sais sûrement, les Yamanas sont un peuple disparu de la Terre de Feu, sur lequel je travaille en ce moment...

Disparu d'accord, mais j'avais presque bon, tout de même.

Tu dois être surprise de recevoir de mes nouvelles par courrier, alors que j'avais pris un forfait spécial pour t'appeler de Patagonie.

Malheureusement, je crois que j'ai oublié mon téléphone sur la commode de l'entrée en partant...

Laisse tomber, oncle Jo, ce n'est pas grave : moi non plus, je n'ai plus de portable !

J'espère que tout se passe bien dans ta nouvelle famille d'accueil...

Je ne sais pas si on peut vraiment dire ça, mais oui, ça va.

Si tu as le moindre problème, n'hésite pas à appeler la juge Farçon. Cette femme m'agace souvent, mais tu sais qu'on peut lui faire confiance.

Vous croyez ? Je vous avoue que j'y ai pensé, mais je me sens tellement bête après ce qui s'est passé... Et puis, de toute façon, je n'ai plus de téléphone, alors...

Je pense bien à toi.

Ton oncle Joseph

Moi aussi, je pense à vous de toutes mes forces, même si je n'ai pas tellement le courage de vous répondre.

Avant d'éteindre la lumière, Suzanne tente encore une fois de me réconforter :

— Ce n'est pas si grave, tu sais. Et puis, tu verras, bientôt, on s'en souviendra comme d'une histoire très drôle.

Elle a peut-être raison, mais j'ai un peu de mal à l'admettre.

Les jours suivants, je n'irais pas jusqu'à dire que l'épisode me fait éclater de rire, mais son souvenir cuisant s'estompe peu à peu… Natasha est très gentille avec moi, et Paul semble vraiment désolé de m'annoncer que mon téléphone a définitivement rendu l'âme. La routine du collège s'installe, et je m'entends de mieux en mieux avec mes nouveaux camarades… comme avec mon vélo !

Un vendredi soir, je prends enfin la décision d'écrire à l'oncle Joseph. Après avoir jeté plusieurs brouillons, je parviens très tard au résultat suivant :

Cher oncle Joseph,

Comme je ne sais pas très bien raconter, j'ai préféré vous lister dix questions que vous pourriez me poser. J'ai répondu oui à chaque fois, et même trois fois oui!

1) Est-ce que les Plimpier m'ont bien accueillie?

2) Est-ce que Paul et Natasha s'occupent bien de moi?

3) Est-ce que je m'entends bien avec Suzanne et Marcel?

4) Est-ce que leur maison est jolie?

5) Est-ce que leur chien Amphibie est gentil (même s'il me lèche tout le temps le visage)?

6) Est-ce que la campagne, les vaches, les poules et les abeilles me plaisent?

7) Est-ce que j'aurai besoin d'un nouveau téléphone portable, vu que le mien a rendu l'âme?

8) Est-ce que j'aime vivre à Julles?

9) Est-ce que j'ai envie de rester dans cette famille d'accueil?

10) Est-ce que vous me manquez?

Je vous embrasse,

Coki

Je reconnais que ma tentative pour évoquer la question du portable n'est pas très discrète, mais je n'ai pas trouvé mieux... Et puis, au moment de préparer l'enveloppe, impossible de remettre la main sur son adresse en Argentine... Me l'a-t-il vraiment donnée, d'ailleurs ? Je suis trop fatiguée pour chercher... On verra demain.

Alors que je profite de ma grasse matinée, ensevelie sous ma couette, une masse informe se jette sur moi et me secoue en tous sens. Natasha ? Pourtant, nous n'avons pas cours ce matin. Amphibie ? Mais les chiens ne parlent pas. Or j'entends distinctement qu'on prononce mon nom...

À moitié réveillée, j'émerge pour me retrouver nez à nez avec un Marcel tout excité.

— Coki, Coki, c'est les vacances aujourd'hui !

Par-dessous mes cheveux emmêlés, je lui adresse un regard noir :

— Ouais, et elles avaient plutôt bien commencé avant que tu me sautes dessus.

Mais ma mauvaise humeur glisse sur lui comme la pluie sur mon vieux ciré jaune.

— Et donc... et donc, nous allons à Paris !

— Quoi ! Tes parents nous emmènent à Paris ?

— Mais non, c'est toi. Tu t'en souviens, quand même ?

— Euh... pas vraiment.

En vérité, à cet instant, une série de signaux d'alarme s'allument dans mon cerveau embrumé.

— Tu te moques de moi ? Quand je t'ai indiqué un endroit pour utiliser ton portable...

— Tu as promis, juré et craché que nous irions à Paris avec toi pendant les vacances !

Cette fois, c'est la voix de Suzanne qui a rejoint son frère au pied du lit. Je suis maintenant complètement réveillée et je me souviens très bien, hélas, de cette promesse stupide.

— Et vos parents, alors ?

Suzanne et Marcel échangent un regard lourd de sous-entendus. Je me demande ce qu'ils me cachent, quand Natasha entre dans la chambre sans prévenir.

— Les enfants, c'est la catastrophe. Mais impossible pour moi de ne pas y aller...

— À Paris ? ne puis-je m'empêcher de demander.

Natasha me regarde, interloquée :

— Pas du tout : chez mon client anglais. Un très gros client, et il me réclame de toute urgence pour terminer l'installation de son jardin du Luberon. En début de semaine prochaine, il reçoit l'équipe de reportage d'un magazine de décoration. Vous imaginez la publicité que ça pourrait me faire ?

Nous ne pouvons bien sûr qu'être d'accord...

— Ça tombe très mal, avec votre père parti pour son salon de produits bio. Il a réservé son stand depuis longtemps et c'est très important aussi pour lui... Je ne peux pas lui demander de revenir, n'est-ce pas ?

J'entrevois maintenant ce que les enfants Plimpier ont en tête, mais je me contente d'opiner avec eux.

— Je suis vraiment ennuyée de vous laisser quelques jours tout seuls..., poursuit Natasha. Mais... je n'ai pas d'autre solution. Vous... vous comprenez ?

Nouveau hochement de tête (je vois que Marcel a du mal à cacher sa joie !).

— Le réfrigérateur est plein. Je vous ai affiché les menus jusqu'à lundi soir. De toute façon, Papa sera de retour dès le lendemain. S'il vous manque quelque chose, vous avez ce qu'il faut dans le portemonnaie de l'entrée. Personne n'a besoin d'être au courant, hein, mais au moindre problème, vous pouvez m'appeler sur mon portable à partir de la ligne fixe. Surtout, ne tentez rien de risqué : ni escalade improvisée, ni feu, ni bagarres... Vous serez sages, promis ? Allez zou, je file, les enfants !

Et elle nous embrasse chacun notre tour, avant de disparaître aussi soudainement qu'elle est venue. Quelques instants plus tard, sa camionnette s'éloigne en cahotant sur le chemin…

Me voilà seule face aux enfants Plimpier. « À l'attaque », comme dirait le colonel Ploum !

— Donc, vous comptez aller à Paris en cachette de vos parents ? Mais vous êtes fous !

— Tu as entendu ce qu'a dit Maman ? Personne n'en saura rien, pas même eux.

— On peut facilement faire l'aller-retour sur deux jours, renchérit Marcel. On sera rentrés lundi soir, juste avant Papa.

Aïe, aïe, aïe ! Colonel, mon offensive a lamentablement échoué. Les choses prennent mauvaise tournure.

— Mais… comment voulez-vous que… qu'on y aille ?

— En bus et en train, bien sûr ! réplique Suzanne. Je suis déjà allée chercher les horaires et les tarifs. Avec l'argent que les parents ont laissé, on a largement de quoi acheter des billets pour quatre.

— Comment ça, quatre ? C'est qui, ce quatrième ?

— Amphibie, bien sûr. On ne peut quand même pas le laisser tout seul ici.

La situation se complique : on emmène aussi le chien ! Je tente la sortie de la dernière chance :

— D'accord, mais les autres, qu'est-ce que vous en faites ?

— Quels autres ?

— La vache, les poules, les abeilles, tout ça…

— Papa a déjà confié Zorro à un voisin. Les poules, on leur donnera de quoi manger en partant. Et les abeilles n'ont pas besoin de nous.

— D'accord, et pour la nuit, vous avez aussi prévu un hôtel qui accepte les animaux ?

— Tu nous as dit que ton oncle était en Argentine. On pourrait dormir chez lui…

Je soupire, consternée :

— Je me rends ! Vous avez déjà pensé à tout.

— On est super-forts, hein ? répond joyeusement Marcel.

— Tu as les chocottes ou quoi ? m'interpelle Suzanne, qui a senti mon manque de ferveur.

— Pas du tout, c'est juste que…

Mais sans écouter ma réponse, ils partent préparer leurs affaires.

Au fond de moi, je sais bien que ce voyage est une folie. Mais je ne trouve aucun argument valable contre ce projet... et il n'y a personne pour m'aider ou me donner un conseil... Mes parents ? Morts (rien que d'y penser, un poignard me transperce la poitrine de part en part). L'oncle Jo ? En Argentine avec ses « Yamanas ». Ma copine Bernadette ? Injoignable sans téléphone portable. Manu ? Aucune envie de ses sermons. La juge Farçon ? Aucune envie d'une engueulade. Bref : personne.

Sans y penser, j'ai enfilé Pépita sur mon bras.

— Alors, ma vieille Coki, ça roule ? demande-t-elle de sa petite voix.

— Il ne me reste plus que toi, mon pauvre doudou !

— Tu crois vraiment que c'est malin, ce voyage ?

— Non, mais qu'est-ce que tu veux que j'y fasse ? Ils ont réponse à tout, et je leur avais promis...

— Tu vas partir avec eux, alors ?

— Je ne peux pas les laisser seuls. Comment feraient-ils pour se débrouiller à Paris ?

— Tu es sûre que c'est la seule raison ?

— J'ai promis, Pépita. Et puis Marcel est très gentil et Suzanne est devenue une très bonne amie… Ne le dis pas à Bernadette, hein ? Elle me ferait une crise de jalousie.

Avec ses yeux en bouton, la chaussette me regarde bizarrement.

— Hum… Tu imagines si les parents Plimpier l'apprennent ?

— Ce serait horrible. Paul et Natasha sont super, je ne veux pas les décevoir… Qu'est-ce que tu me conseilles ?

Pépita hoche la tête d'un air pensif.

— Tu sais bien que je suis toi, finit-elle par dire. Tu es la seule à pouvoir décider ce que tu veux faire…

Chapitre 10
train joyeux et triste métro

Deux heures plus tard, au moment de monter dans le bus, je me dis que je viens de faire un choix que je vais sans doute regretter... Puis, peu à peu, mes sombres pressentiments s'évanouissent. Le voyage se déroule comme sur des roulettes. Nous avons préparé des bobards à raconter aux adultes. Mais ni la dame du guichet, ni le chef de gare, ni le contrôleur du train, ni nos voisins de siège ne nous posent aucune question. Amphibie est sage comme une image. Les enfants Plimpier sont gais comme des pinsons et rêvent de Paris à haute voix :

— On ira voir la tour Eiffel ? demande Marcel.

Je suis bien décidée à jouer mon rôle de guide touristique :

— Bien sûr, je vous emmènerai.

— Et la Joconde ?

— Au musée du Louvre. Oui, si vous voulez…

— Et les bateaux-mouches ? ajoute Suzanne.

— Des bateaux pour les mouches ? demande Marcel.

— Non, sur la Seine…

— On ira au palais de l'Élysée ? poursuit Marcel, qui a déjà changé d'idée.

— Pas sûr que le président de la République nous laisse entrer…

— À la prison de la Bastille, alors ?

— La prison a disparu, mais il reste une place… On pourra y faire un tour.

— À Versailles ?

— Euh… c'est un peu loin, mais pourquoi pas ?

— Aux grands magasins pour faire du shopping ? renchérit Suzanne.

— Ah non, quelle horreur ! s'exclame son frère. Je préfèrerais plutôt les Invalides, le musée Grévin, la place de la Concorde…

— Notre-Dame de Paris, La Villette, les Champs-Élysées ! enchaîne Suzanne.

— Oh, doucement ! Nous avons à peine deux jours, tout de même !

Suzanne et Marcel s'esclaffent en voyant ma mine déconfite. Et bientôt, nous partons tous les trois d'un fou rire qui n'en finit plus…

« Paris, gare d'Austerlitz, terminus du train ! » annonce une voix dans le haut-parleur. De discussions en parties de cartes, nous n'avons pas vu le temps passer…

— On y est enfin ! s'écrie joyeusement Marcel.

Oui, et soudain, l'atmosphère n'est plus tout à fait la même. Les gens s'affairent, récupèrent leurs bagages, se massent dans le couloir. Autour de nous, tout s'accélère. Les battements de mon cœur aussi. Paris.

Quand je sors à mon tour du wagon, les Plimpier sur mes talons, j'ai un moment d'hésitation.

— Alors, vous descendez, oui ou non ? s'impatiente une dame derrière nous.

Sur le quai, un flot continu de voyageurs se rue vers la sortie. À coups de valises, de sacs, de poussettes, nous sommes bousculés de toutes parts. Amphibie, pourtant toujours prêt à batifoler, ne nous quitte pas d'une semelle. Un gros monsieur percute violemment

Suzanne, manquant de la faire tomber. Au lieu de s'excuser, il nous dépasse en maugréant.

Marcel me jette un regard effaré :

— Pourquoi sont-ils si pressés ? Ils ont un autre train à prendre ?

— Tu sais où il faut aller ? s'inquiète Suzanne.

Je tente de les rassurer :

— Mais oui, il n'y a qu'à suivre les panneaux pour rejoindre le métro. Vous avez bien vos tickets ?

Les enfants Plimpier brandissent chacun le leur. Suzanne, qui a pensé à tout, les a achetés en même temps que nos billets de train. Dans les couloirs noirs de monde, je me sens vraiment petite. Impossible de voir ce qui se passe au-delà de la foule qui nous entoure, nous croise ou nous dépasse.

— Tu es sûre que c'est la bonne ligne, hein ?

En guise de réponse, je montre à Suzanne le numéro indiqué sur le panneau au-dessus de nos têtes.

— Tous ces gens qui passent sans nous voir, c'est vraiment bizarre…, remarque Marcel.

— Horrible, tu veux dire, murmure Suzanne.

— Au contraire, c'est parfait, lui dis-je. Personne ne nous remarque, personne ne se préoccupe de nous. Anonymat garanti.

En réalité, je suis beaucoup moins sûre de moi qu'il n'y paraît. Et j'avais oublié à quel rythme effréné vit ma ville de naissance… J'ai même un instant d'angoisse au moment de grimper dans le métro bondé : s'il nous arrivait le moindre ennui, qui pourrait nous aider ?

Nous nous serrons autour de la barre d'appui, bras et mains des adultes formant un toit au-dessus de nos têtes. Amphibie, apeuré, se terre entre nos jambes.

Après chaque arrêt, les passagers sont plus nombreux et nous, plus serrés.

— Est-ce que les Parisiens vivent tout le temps sous terre ? me glisse Marcel à l'oreille.

À cet instant, la rame ralentit brutalement en entrant dans une station et nous manquons de finir écrasés dans la bousculade. Quelqu'un marche sur la queue d'Amphibie, dont le hurlement plaintif se confond avec le crissement des freins.

Ce n'est qu'au redémarrage que je peux enfin répondre à Marcel :

— Bien sûr que non. Nous sommes bientôt arrivés et, dehors, tu verras à quel point la ville est ma-gni-fique.

Mais quand nous nous retrouvons enfin à l'air libre, il fait nuit et il pleut à verse. Sur le large boulevard, des cohortes de véhicules avancent par à-coups. Les lampadaires, les feux tricolores, les enseignes des magasins, les phares des voitures se reflètent sur la chaussée mouillée. Des conducteurs impatients klaxonnent, des scooters se faufilent entre les camions, des vélos roulent sur les trottoirs, des parapluies s'accrochent en se croisant, un autobus soulève des gerbes d'eau en roulant dans le caniveau. Nous voilà douchés de la tête aux pieds. L'enthousiasme de Marcel aussi, qui ne dit plus un mot…

Heureusement, l'immeuble de l'oncle Joseph n'est plus très loin… En arrivant devant la porte cochère, je suis saisie de doutes affreux : et si le code avait changé ? Et si j'avais oublié la clé de l'appartement à Julles ? Et si le vieux Jo était rentré en avance ? Mais rien de tout cela ne se produit. Nous entrons dans le hall, grelottants de froid et trempés jusqu'aux os. Floc, floc, des flaques d'eau se forment sous nos pas. Amphibie s'ébroue et laisse ses empreintes sales sur le dallage. Deux étages plus haut, la porte s'ouvre sans bruit sur un appartement désert. Épuisés, nous nous effondrons silencieusement dans l'entrée.

Ce n'est qu'au bout de quelques minutes que Marcel sort de son mutisme :

— Il est étrange, cet endroit, non ?

Pour moi, il paraît au contraire rassurant et familier, mais je peux comprendre la réflexion de Marcel. L'oncle Joseph est passionné de lecture et il ne jette aucun des ouvrages qu'il achète par dizaines. Des piles entières de livres poussiéreux s'entassent donc partout dans l'entrée. C'est d'ailleurs la même chose dans toutes les pièces, à l'exception de ma chambre qu'il a bien fallu évacuer quand j'ai emménagé.

Amphibie a retrouvé un semblant d'activité et se met à fureter autour de nous, reniflant les odeurs de papier… et sans doute de nids de souris cachés dedans. Mais voilà… en s'approchant trop près d'une pile, il en bouscule le fragile équilibre. Elle s'écroule dans un grand vacarme, entraînant deux ou trois de ses voisines au passage. Paniqué, Amphibie pousse un bref glapissement et court se blottir dans les jambes de sa maîtresse.

— T'en fais pas, le chien, moi aussi, j'en fais tomber tout le temps. Il n'a qu'à mieux les ranger, ses fichus bouquins !

Ma réflexion parvient à arracher un maigre sourire aux Plimpier, mais ce n'est qu'une heure plus tard que, douchés, séchés, habillés de vêtements propres, ils semblent revenir à la vie.

Avec ce que nous trouvons dans les placards de la cuisine, nous préparons un dîner de soupe en sachets et de biscuits secs, partagé en quatre parts égales avec Amphibie.

— Alors, ça vous dit, une petite visite à la tour Eiffel *by night* ?

Marcel me regarde, hébété, comme si j'avais parlé javanais.

— C'est une blague, Marcel. On est crevés et on va aller dormir pour être en pleine forme demain.

C'est finalement sa sœur, toujours l'esprit pratique, qui me répond :

— Avant, il faudrait peut-être qu'on nettoie et qu'on range dans l'entrée…

Suzanne a raison : notre arrivée a laissé de larges traînées sales et il y a des bouquins aux quatre coins du plancher. Pas question que quiconque remarque notre passage ! Avec un bidon de cire et quelques chiffons trouvés à la cuisine, nous frottons de notre mieux pour faire disparaître les dégâts. Alors que je m'efforce de remettre debout une pile de livres, je remarque qu'Amphibie se comporte bizarrement. Tout en poussant de petits gémissements, il tente désespérément de grimper sur la commode de l'entrée.

— Qu'est-ce qui t'arrive, le chien ?

Pour toute réponse, il se contente de prendre un peu d'élan pour mieux sauter. Sa tentative échoue lamentablement quand il dérape sur le parquet.

— Tu as trouvé quelque chose d'intéressant ? une souris ? une truffe ?

C'est alors que je remarque un objet inhabituel dans le vide-poche : un téléphone flambant neuf, bien plus perfectionné que le mien ! Celui que l'oncle Joseph s'est acheté pour l'Argentine… et qu'il a oublié en partant.

— Ah non, Amphibie ! Ça suffit avec les portables. Celui-là, tu ne le mangeras pas.

Chouette ! Je vais enfin pouvoir contacter Bernadette, qui n'a pas eu de mes nouvelles depuis… la dernière fois qu'Amphibie a trouvé un téléphone. D'abord, je finis le nettoyage, et après, je l'appelle. Et puis non, je n'y tiens plus. Laissant là éponges et serpillières, je compose fébrilement le numéro de ma meilleure amie.

Chapitre 11
des surnoms et des bougies

Allô ? Qui est à l'appareil ? Je vous préviens : mes parents m'interdisent de parler avec des inconnus.

Quelle joie de retrouver cette voix guillerette, reconnaissable entre mille !

Et depuis quand tu obéis à tes parents ?

Elle aussi m'a tout de suite reconnue :

Coki ?! Oh là là, qu'est-ce je suis contente de t'entendre enfin... Mais, c'est pas ton 06 ?

J'ai eu un petit problème...

Les Cro-Magnon ont découvert ta cachette et te l'ont confisqué, j'suis sûre !

J'te jure, faut plus les appeler comme ça.

Ils te l'ont confisqué, oui ou zut ?

Pas exactement... Disons plutôt qu'il est hors service à la suite d'un malheureux concours de circonstances.

Que tu ne manqueras pas de me raconter quand tu en auras le temps.

Évidemment.

Du coup, les Cro... les Plimpier t'en ont acheté un nouveau. Cool !

Euh non... c'est celui de mon oncle.

Le vieux Jo est rentré de chez les sauvages et il est venu te rendre visite à Lascaux ?

Arrête avec ça, miss Hong Kong. Pas Lascaux. Julles.

C'est qui, ce Jules ?

Aujourd'hui, je sens que nous avons un peu de mal à nous comprendre...

Mais personne ! C'est l'endroit où je vis en Creuse... Enfin d'habitude...

Comment ça ? Tu es où, là ?

Bernadette semble soudain s'alarmer.

À Paris.

Le tonton est venu te chercher. Ou c'est Cruella ? Ou bien Simplet ?

De qui tu parles, à la fin ?

- Ta juge ou ton psy, quoi…
- Arrête de donner des surnoms pareils aux gens. La juge Farçon n'a rien à voir avec Cruella et Manu… Manu est très intelligent.
- D'accord. Allez, accouche.
- Je suis venue avec les Plimpier pour leur faire visiter la capitale.
- Tous les cinq ?
- Non, tous les quatre. Sans les parents.
- Mais les parents sont au courant, bien sûr ?

Décidément, la discussion prend un tour qui ne me plaît pas.

- Non, en cachette…
- Je vois, je vois… Et c'est qui le quatrième ? Les deux enfants et toi, ça devrait faire trois.
- Amphibie.
- Qui ça ?
- Le chien.
- Eh bien, tu peux te moquer de ma façon d'appeler les gens. Mais moi, si j'étais un chien et qu'on m'avait donné un nom pareil, j'irais porter plainte à la SPA !
- Arrête, stp.
- Non, c'est toi qui vas arrêter. Tu es en train de m'expliquer que tu t'es enfuie à Paris avec

deux jeunes enfants. Et un chien. Mais tu es complètement inconsciente, ma pauvre fille ! Ça ne peut que mal finir, cette histoire. Rentre tout de suite !

Faut savoir ce que tu veux : tu disais que je ne devais pas rester là-bas !

Coki, n'essaie pas de détourner la conversation !

Toi, n'essaie pas de me faire la morale !

Furieuse, je raccroche. Et toc ! Moi qui me faisais une joie de retrouver Bernadette... Nous voilà fâchées. La conversation me laisse un goût amer dans la bouche. Si bien qu'il ne me reste plus qu'une option valable : aller me coucher...

Nous nous installons donc aussi bien que possible, moi sur le sommier de mon lit, Suzanne et Marcel tête bêche sur le matelas par terre, Amphibie à leurs pieds. Je m'endors rapidement... enfin je crois, car je me retrouve presque aussitôt téléportée dans un hall d'immeuble. Pas celui de l'oncle Joseph, mais un autre que je connais bien : celui de mon ancien chez-moi, je veux dire, chez mes parents. Il y a là plein de gens qui semblent attendre quelque chose. C'est la nuit bien sûr, mais personne n'a pensé à allumer la lumière. Tous portent des cierges allumés. Je tire la manche d'une dame :

— C'est ridicule. Il y a l'électricité dans cet immeuble, vous savez.

Elle me regarde d'un air sévère. C'est la dame impatiente qui était dans notre train cet après-midi. Elle approche sa flamme de mon visage pour mieux me voir. À ma grande gêne, je m'aperçois que je suis restée en pyjama.

— C'est une vente à la bougie. Tu n'es pas au courant ? lance-t-elle d'un ton peu aimable, avant de s'adresser à son voisin : Vous aussi, vous êtes là pour l'appartement ?

L'autre se retourne. C'est le gros monsieur qui a presque fait tomber Suzanne, gare d'Austerlitz. Il a gardé son énorme valise avec lui.

— Ouais, les visites viennent de commencer, répond-il d'une voix de fausset. Et je compte bien l'avoir pour moi.

Mon cœur bat à tout rompre. J'ai tout de suite compris de quoi il s'agissait : l'appartement de mes parents va être vendu ! Je me dirige vers l'escalier, pris d'assaut par la foule. La lumière mouvante des cierges dessine des silhouettes fantastiques sur les murs.

— Hé toi, là-bas ! m'interpelle le gros coléreux. Je t'y prends, à essayer de doubler ! Dans la queue, comme tout le monde !

Sans demander mon reste, je m'élance dans les étages en bousculant ceux qui campent sur les premières marches. Malgré leurs exclamations indignées, je profite de l'obscurité pour me faufiler jusqu'au troisième en jouant des coudes. Au moment où j'arrive sur le palier, la porte de l'appartement s'ouvre. En sort une dame, les bras encombrés de sacs remplis d'assiettes et de plats venant de la cuisine. Un homme qui doit être son mari la suit, portant le gigantesque vase bleu qui a toujours orné la cheminée du salon.

— Qu'est-ce que vous faites ? Ils ne sont pas à vous, ces trucs-là !

Mais ils ont déjà disparu dans les escaliers... Renonçant à les poursuivre, je tente de rentrer chez moi. Un type m'agrippe par le pyjama.

— J'étais là avant vous, jeune fille. Chacun son tour !

Avec l'énergie du désespoir, je parviens à me dégager et à franchir la porte que je claque derrière moi. Là non plus, aucune lumière n'est allumée. Une voix se détache dans le couloir étrangement silencieux.

— Oui, madame, c'est un très bel appartement de quatre pièces en excellent état. Un produit rare de nos jours dans ce quartier.

J'entre dans la cuisine plongée dans l'ombre. Un homme, le vendeur sans doute, est en train de faire l'article à une visiteuse. Tous deux portent une bougie à la main, mais j'ai du mal à distinguer leurs traits.

— Comme vous le constatez, cette pièce possède un équipement ultramoderne. Admirez la qualité des finitions !

Tu parles ! C'est Papa qui a tout monté lui-même. Il en était très fier, mais la finition n'était pas son fort... J'ai l'impression d'avoir prononcé ces mots à voix haute mais, sans me prêter attention, le couple poursuit sa visite.

— Nous allons maintenant découvrir la chambre d'enfant...

Ma chambre, non ! Je leur emboîte le pas.

— Charmant, dit la cliente. Vraiment charmant. Mais pourquoi diable ces gens quittent-ils un endroit pareil ?

— Ils sont morts. Un terrible accident.

— Mais je ne suis pas morte, moi !

Cette fois, j'ai dû parler assez fort pour que le vendeur me remarque enfin.

— Qu'est-ce que tu fais là, en pyjama ? Tes parents sont au courant ?

— Vous l'avez dit, monsieur : ils sont morts.

Et à cet instant, dans un même mouvement, le monsieur et la dame approchent la lumière de leur visage.

— Papa ! Maman ! C'est vous ! Mais pourquoi est-ce que vous vendez notre maison ?

— C'est une décision de la juge Farçon, annonce doucement Maman. Elle le fait dans ton intérêt, tu sais. L'argent de la vente te reviendra, c'est pour ton avenir.

— Et puis, ajoute Papa, ce n'est plus vraiment notre maison…

Paniquée, je m'écrie alors :

— Mais c'est quoi, notre maison ? Hein, c'est quoi ?

Sans me répondre, ils s'évanouissent dans l'air en souriant.

Me voilà de retour chez l'oncle Joseph. Je me suis réveillée et me mets aussitôt à griffonner dans mon carnet.

— Qu'est-ce qui se passe ? demande Suzanne d'une voix inquiète.

— J'ai rêvé de mes parents. Ça m'arrive souvent... Je crois qu'ils me font passer des messages, alors je note tout à chaque fois pour m'en souvenir.

Je suis un peu inquiète de sa réaction face à cet aveu :

— Tu trouves ça bizarre ?

— Non, pas du tout. Et c'était un moment agréable ?

— Un peu angoissant, plutôt.

— C'est pour ça que tu as crié ?

— Ah bon ?

— Il était question de maison, marmonne Suzanne. Je n'ai pas tout compris...

Elle s'est rendormie aussi sec. De mieux en mieux, voilà que je parle en dormant... Jamais un rêve avec

Papa et Maman ne m'avait laissée aussi triste et désemparée. Parfois, ils me font des devinettes, ils plaisantent, et ça me remonte un peu le moral. Là, nous avons à peine échangé quelques mots. Et nous n'étions pas dans un univers imaginaire, empli de symboles et de fantaisie : cette vente semblait cruellement réelle. C'était comme si mes parents s'éloignaient de moi une deuxième fois... Ma gorge se serre. Maman ! Papa ! Dites-moi que je ne suis pas toute seule dans la vie ! Les Plimpier sont gentils, attentionnés, affectueux, c'est vrai, mais ce n'est pas vraiment ma famille, vous comprenez ? Et puis, tous les autres m'ont laissée tomber, que ce soit ma meilleure amie (avec qui je me suis gravement fritée) ou le vieux Jo (parti à l'autre bout du monde)... Alors, je vous en prie, ne m'abandonnez pas ! J'ai besoin de votre réconfort, même en songe. Moi qui ne voulais pas pleurer, c'est raté... Impossible de retrouver le sommeil. Mes joues ruissellent de larmes glacées, et chaque minute semble durer une éternité.

Chapitre 12
une sorcière et une actrice célèbre

— Debout là-dedans ! Réveillez-vous ! Venez voir comme c'est beau dehors.

Ce matin, Marcel a retrouvé toute son ardeur. Sans attendre notre réponse, il ouvre en grand les fenêtres. La clarté fraîche du matin envahit la pièce.

— Regardez comme Paris brille ! On dirait qu'elle sort du *carwash* !

— Laisse-nous dormir, maugrée Suzanne.

Je suis tout à fait d'accord mais peine perdue : Amphibie m'a déjà sauté dessus et me lèche le visage…

— Et toi aussi, fiche-nous la paix !

— Je crois qu'il a besoin d'aller faire un tour dehors…, lance Marcel d'un ton gêné.

Sortant un œil hors de ma couette, je renifle une mauvaise odeur et remarque une magnifique crotte déposée au centre du tapis. C'est vrai que je n'avais pas pensé à ce genre de contraintes… Encore du nettoyage en perspective… Je n'ai vraiment pas envie de me lever.

Pourtant, après un bon petit-déjeuner (heureusement, il restait des céréales), mes angoisses de la nuit s'éloignent peu à peu et je me mêle de bon cœur à la conversation. Une discussion animée s'engage pour mettre au point notre programme du jour.

Après un vote à l'unanimité, nous nous affairons pour le départ fixé à dix heures, quand Marcel fait à nouveau irruption dans notre chambre en refermant la porte derrière lui.

— Eh, tu pourrais prévenir avant d'en…

Mais son visage décomposé par la terreur m'empêche de terminer ma phrase.

— Qu'est-ce qui t'arrive ? Tu es blanc comme un lavabo.

— Une sor… une sorcière…

— Tu as vu une sorcière ? Dans l'appartement ?

— Vite, il faut nous barricader… Elle arrive.

Suzanne et moi échangeons un regard dubitatif.

— Mais bougez-vous ! Elle arrive, je vous dis !

Et, joignant le geste à la parole, il tente sans succès de déplacer l'énorme armoire à côté de la porte.

— Arrête et explique-nous calmement ce qui se passe.

— Je me tue à vous le dire. J'allais dans l'entrée pour récupérer mes chaussures quand elle est apparue. Une abominable sorcière moustachue, avec des yeux qui ne regardent pas dans la même direction et un balai ! Heureusement, elle ne m'a pas vue…

À cette description, une lumière se fait dans mon esprit, et un sourire se dessine sur mes lèvres. Suzanne me regarde en fronçant les sourcils :

— On dirait que tu ne le crois pas…

— Oh si, sa description était parfaite.

— Alors, ne reste pas là sans rien faire ! Viens nous aider à pousser ce fichu meuble !

— Je ne crois pas que ce soit très utile…

— Quoi ! Tu t'avoues déjà vaincue ?

Mais la porte de la chambre s'ouvre alors avec fracas. Et dans l'encadrement apparaît une silhouette trapue brandissant un balai menaçant. Suzanne pousse un cri d'effroi. Marcel est passé du blanc au vert et semble sur le point de se liquéfier. Moi, j'ai tout de suite reconnu Mme Augustine, la redoutable gardienne de l'immeuble et femme de ménage de mon oncle Joseph, mais je n'en mène pas beaucoup plus large qu'eux...

— Qu'est-ce que c'est que ce bazar? lance-t-elle d'une voix furibarde. Des scouattères! Ah, c'est vous qu'avez tout salopé mon beau dallage et le tapis d'escalier qu'est si dur à ravoir! J'm'en vais vous enfermer là-dedans et appeler la police, moi!

— Non, non, s'il vous plaît, madame Augustine, c'est moi, Coquelicot, avec deux amis!

C'est au tour de la dame d'être stupéfaite.

— Coki! Mais qu'est-ce tu fais là? Tu devrais pas être au fin fond de la cambrousse, dans le Massif central ou par là?

— Désolée pour votre carrelage, mais nous nous sommes fait surprendre par la pluie hier soir et...

Augustine croise les bras et me fixe d'un air soupçonneux:

— Ça répond pas à ma question: qu'est-ce tu fais là, à c't'heure?

— J'ai invité mes deux amis que voici à visiter Paris.

— Et les parents, y sont au courant?

C'est bizarre, cette question... Bernadette hier soir et les agents immobiliers cette nuit m'ont posé exactement la même. Suzanne, qui a retrouvé son aplomb, m'adresse un clin d'œil et affirme avec assurance qu'ils le savent, bien évidemment.

Mais il en faut plus pour convaincre la vieille gardienne.

— Des gamins seuls dans c't'appartement, et Papa et Maman sont d'accord ? M'étonnerait…

Je comprends qu'il est inutile de finasser et d'ailleurs, je n'ai aucune envie de mentir à Augustine :

— En fait, on est partis en leur absence. Seuls à la campagne ou à Paris, c'est pareil, non ?

— Et l'Maboul, tu l'as prévenu que tu venais chez lui ?

Le Maboul, c'est comme ça qu'elle appelle mon oncle Joseph… Je me contente de hocher la tête négativement. La concierge semble hésiter.

— Non, bon sang d'bonsoir, j'peux pas prendre une responsabilité pareille.

— Pourtant, ça m'est déjà arrivé de rester seule ici et vous n'avez rien dit !

— Ouais, mais c'était pas une bonne idée. Et puis là, y a des gamins que j'connais pas… T'imagines, si les parents… Je pourrais perdre ma place, moi… Non, j'm'en vais prévenir la police.

— S'il vous plaît, ne faites pas ça !

— Madame Augustine, soyez gentille, s'il vous plaît, supplient en chœur les Plimpier.

Même Amphibie se fend d'un long gémissement. Je tente un argument définitif:

— On reste juste une journée et on repart dès demain, comme on est venus.

— J'pourrai pas vérifier. Je prends mon congé pour aller chez ma sœur en Sologne.

— Personne n'en saura rien…

La gardienne pousse un énorme soupir et s'approche à quelques centimètres de moi. J'ai l'impression que sa moustache est encore plus fournie que la dernière fois.

— Y a pas intérêt à ce que vous soyez encore là quand je rentre demain soir, oké ?

— C'est promis, madame Augustine. Promis.

Que dire de cette journée parisienne ? Eh bien, je ne sais pas trop... Nous avons commencé par aller voir la tour Eiffel. J'étais très fière de présenter enfin aux Plimpier cet illustre monument de notre capitale.

— Mouais..., a bredouillé Suzanne en la découvrant de l'esplanade du Trocadéro.

Je ne m'attendais pas à des envolées lyriques, mais quand même, une exclamation d'admiration, un petit « Waouh ! » m'auraient fait plaisir...

— Elle est presque mieux en photo, a fini par dire Marcel.

Tu parles d'un commentaire !

Quand nous nous sommes approchés, des groupes de touristes se pressaient déjà à ses pieds. Traumatisé par son expérience de la foule, Amphibie nous a lancé des regards inquiets et s'est collé à nos jambes. J'ai tenté de ranimer l'enthousiasme de mes visiteurs :

— La vue qu'on a d'en haut est magnifique. Vous allez adorer.

— Quoi? a croassé Marcel d'une voix tout à coup moins blasée. On va monter dans ce truc!

— Même pas en rêve, a rétorqué Suzanne. Si on veut s'acheter à manger, on ne peut faire que des visites gratuites.

— Pas grave, a soupiré Marcel, rassuré. On pourra toujours dire aux copains qu'on y est allés...

Nous avons alors longé les quais jusqu'au pont de l'Alma, puis remonté l'avenue Montaigne.

— Nous traversons l'un des endroits les plus chic de Paris, ai-je lancé d'un ton enjoué. Admirez les boutiques: les bijoux, les vêtements, les chaussures, les sacs! Les plus grandes marques du monde!

J'ai pourtant bien senti que ça ne les passionnait pas.

— Suzanne, je croyais que tu voulais faire du lèche-vitrine?

— Pas dans ce genre de magasins...

— Oh, regardez la femme qui monte dans cette grosse voiture noire, les bras surchargés de paquets. Il y a même un homme en uniforme pour lui tenir la portière. Je suis sûre que c'est une actrice célèbre. Peut-être une star!

— Jamais vue...

Seul Amphibie a eu l'air intéressé… mais c'était par le petit chien frisé de la dame. Il s'est approché, mais l'autre, affolé, s'est mis à glapir frénétiquement.

— Vous ne pouvez pas tenir votre clebs en laisse ? a hurlé le voiturier en tentant de donner un coup de pied à notre brave Amphibie.

Heureusement, nous avons pu le rattraper *in extremis* par le collier, avant de détaler sans demander notre reste.

En arrivant sur les Champs-Élysées, Marcel s'est contenté d'un : « C'est ça la plus belle avenue du monde ? », dubitatif. Il était déjà fatigué et j'ai compris qu'il était temps de s'arrêter pour déjeuner. Nous avons donc mâchonné des crêpes caoutchouteuses sur un banc, en regardant passer les gens.

— Ce n'est pas du tout comme ça que j'imaginais Paris, a fini par dire Suzanne.

Je n'ai pas osé l'interroger pour savoir si elle était déçue.

— Qu'est-ce qu'on fait maintenant ? m'a demandé Marcel.

— Notre-Dame de Paris. C'est ce qu'on avait prévu au programme, en tout cas.

— C'est loin ?

— Pas tout près, mais on peut y aller en métro.

En entendant ce mot, Amphibie a poussé un bref aboiement qui nous a fait sursauter.

— Apparemment, il n'a pas envie d'aller se faire écraser la queue sous terre, ai-je plaisanté. Nous irons donc à pied.

Marcel a poussé un soupir à fendre l'âme.

— On va passer par le Louvre, ai-je ajouté pour le motiver.

— Si c'est payant, on ne pourra pas voir la Joconde, alors…

— On n'a qu'à aller à Notre-Dame, ça c'est sûr que c'est gratuit !

Ce dernier argument a fini par les convaincre.

Je leur ai donc fait traverser la place de la Concorde, le jardin des Tuileries et les cours du Louvre sans recueillir autre chose qu'un intérêt poli. Nous avons ensuite piétiné un long moment dans la file de touristes le long de la cathédrale.

— Pas de chiens à l'intérieur, a grogné le gardien au moment où nous nous apprêtions à franchir le portail.

— Eh ben, une heure de queue pour ça ! Allez, on se tire…

— Bien sûr que non, Suzanne, ai-je riposté. Vous n'avez qu'à visiter pendant que je vous attends dehors avec Amphibie. De toute façon, je connais déjà...

Mais au bout de cinq minutes, les enfants Plimpier étaient déjà ressortis.

— Il nous reste peut-être un peu d'argent pour nous offrir un goûter, ai-je proposé. Je vous emmène sur l'île Saint-Louis, chez un célèbre glacier de Paris !

— Il fait trop moche pour une glace, a objecté Suzanne.

— Oui, moi je voudrais qu'on rentre, a renchéri Marcel d'une petite voix.

Chapitre 13
à la porte et à la rue

Et c'est ainsi qu'à cinq heures à peine, nous nous retrouvons devant un chocolat chaud dans la cuisine de l'oncle Jo…

— Paris, c'est quand même un endroit bizarre, finit par dire Marcel.

— Vous n'avez pas aimé, alors ?

— Ce n'est pas de ta faute, Coki, explique Suzanne. Mais, comment dire ? On ne s'est pas sentis à notre place… Comme si on était dans un pays étranger. Tellement différent de ce qu'on vit d'habitude. Finalement, je comprends pourquoi Papa et Maman se sont installés à la campagne…

— Vivement qu'on y retourne, conclut Marcel.

À mon tour d'essayer d'expliquer ce que je ressens:

— Moi, c'est un peu le contraire… J'ai eu un peu l'impression de rentrer chez moi.

— Comment ça? s'écrie Suzanne. Mais chez toi, c'est chez nous! Enfin, je veux dire: à Julles.

À cet instant, Amphibie fait une entrée bruyante qui m'évite de montrer combien cette réponse me touche. Je m'adresse à lui, trop heureuse de la diversion:

— Où avais-tu disparu, toi? Encore à fureter dans les affaires de l'oncle Jo? J'espère que tu n'as pas ravagé une nouvelle fois ses tapis, ou mis le bazar dans ses bouquins…

Le chien se contente de grogner sans ouvrir la gueule et vient poser ses pattes sur la table.

— Je crois qu'il a besoin de sortir, annonce Suzanne.

— Je viens aussi. Et toi, Marcel?

— Non, je suis crevé. Et puis, on se lève vachement tôt demain.

Alors que nous sommes sur le palier avec Amphibie qui grogne toujours, la porte claque, et Marcel nous annonce qu'il a finalement décidé de nous accompagner. Un instant de stupeur me cloue sur place et je me mets à trembler comme une feuille. Suzanne a remarqué que quelque chose n'allait pas :

— Qu'est-ce qui t'arrive, Coki ? Tu es malade ?

— Marcel, mais... mais... qu'est-ce que tu as fait, c'est pas vrai ça !

— Quoi ? Je vous accompagne, je te dis, me répète-t-il bêtement.

— LA PORTE ! TU AS CLAQUÉ LA PORTE !!

— Oui, et alors ?

— Je n'ai même pas eu le temps de prendre les clés, espèce d'idiot ! Elles sont restées à l'intérieur.

Suzanne a enfin compris et se prend la tête entre les mains.

— On est foutus ! L'argent, les billets de train, nos affaires, tout est resté à l'intérieur.

— Ah zut, lâche faiblement Marcel, prenant conscience de sa gaffe.

Je me laisse tomber sur le tapis. Mes plus horribles pressentiments sont en train de se réaliser. Sans oublier la sombre prédiction de Bernadette qui me revient aussitôt : « Ça ne peut que mal finir, cette histoire. » J'aurais mieux fait de t'écouter, ma vieille. Toute cette expédition n'était qu'une folie.

— On ne peut vraiment pas ouvrir de l'extérieur ? ou rentrer par une fenêtre ? risque Marcel après avoir vainement tenté de tourner la poignée.

Je me contente de hocher la tête tristement. Amphibie nous regarde tour à tour d'un air interrogateur.

— Réfléchissons calmement, propose Suzanne. Il doit bien y avoir un moyen. Ta gardienne, elle a les clés ?

— Bien sûr, mais elle est partie chez sa sœur je ne sais où et elle ne rentre que demain…

— Ça ne coûte rien de vérifier, décide l'aînée des Plimpier en disparaissant dans l'escalier. Je vais sonner à sa loge.

Dans mon esprit, les scénarios les plus noirs défilent à la vitesse d'un TGV. Marcel s'est assis à côté de moi et pleurniche en silence. Quand Suzanne remonte quelques minutes plus tard, sa mine déconfite vaut tous les discours.

— C'est affreux, se lamente Marcel entre deux sanglots. Qu'est-ce qu'on va devenir ? Et les parents ? Qu'est-ce qu'ils vont dire ?

— Il faudrait d'abord qu'ils l'apprennent, rétorque Suzanne.

— Voilà ce que c'est de ne pas avoir de téléphone, ne puis-je m'empêcher d'ajouter.

— Ouah ! s'exclame alors Amphibie qui a posé sa tête sur les genoux de Marcel.

Qu'est-ce que j'ai vu ? Est-ce que j'ai rêvé ? Je me penche vers le chien…

— Amphibie, ouvre la gueule !

Le chien a l'air d'avoir compris, mais n'a nulle intention d'obtempérer. Sans réfléchir plus longtemps, je l'attrape fermement par le collier alors qu'il tente de s'échapper et j'enfonce mes doigts entre ses dents.

— Qu'est-ce que tu fiches ? s'étonne Suzanne. Laisse-le tranquille.

Sans écouter, j'essaie de desserrer les mâchoires de l'animal. Peine perdue : il se contente de secouer la tête en grondant.

— Mais tu es folle ! Il ne t'a rien fait, ce pauvre chien. Ce n'est pas de sa faute si nous sommes dehors…

— Et puis, pour lui faire ouvrir la gueule, il y a un moyen plus simple, explique Marcel.

— Lequel ? Vite !

— Lui gratouiller le ventre comme ça. Il est très chatouilleux.

Et, joignant le geste à la parole, il passe la main dans sa fourrure. Aussitôt, Amphibie entrouvre la gueule comme s'il rigolait et je peux m'emparer de ce qu'il y gardait pour le brandir triomphalement. Le portable de l'oncle Joseph !

Après avoir provoqué l'une des scènes les plus humiliantes de ma vie, la passion d'Amphibie pour les téléphones va peut-être nous sauver. J'essuie aussitôt l'engin sur mon jean. Miracle : il a l'air d'avoir mieux supporté la bave que le mien...

— Bon chien ! Bon chien, ça...

Je trépigne de joie devant les trois autres qui me regardent interloqués.

— Ah, un téléphone..., finit par dire Suzanne déçue. J'ai cru un instant que c'étaient les clés.

— On n'est pas beaucoup plus avancés..., marmonne Marcel.

— Au contraire, les Plimpier, nous sommes sauvés. Il suffit d'appeler quelqu'un pour qu'on vienne nous chercher.

— Qui ? Tu ne veux quand même pas appeler les parents !

— Sauf si vous y tenez...

— Même pas en rêve. Madame Augustine ?

— Je n'ai pas son numéro, et mon oncle n'a rien mis dans son répertoire.

— Ta copine de Hong Kong ?

— De là où elle est, elle ne nous serait pas d'une grande utilité. En plus, on s'est un peu… comment dire… engueulées.

— Ton oncle lui-même ?

— Ben non, vu que c'est son téléphone.

— Mais qui alors ? La police ?

— Pire que ça…

Oui, je ne vois plus qu'une solution : la juge Farçon. Je compose sans trembler son numéro que je connais par cœur.

— Allô, madame la juge ? C'est Coquelicot… Coquelicot Ploum.

— Pas la peine de préciser. Je ne connais qu'une seule Coquelicot. Comment vas-tu ? Ce sont les vacances scolaires en ce moment dans la Creuse, non ? Tu en profites bien ?

— Ça va…

— Oh toi, tu as quelque chose à me demander. Je le regrette, mais mes protégés m'appellent rarement pour s'enquérir de ma santé… Allez, accouche.

— Eh bien, voilà…

Alors, prenant une grande inspiration, je lui raconte d'une traite notre expédition parisienne. Comme à son habitude, la juge Farçon fait preuve d'une redoutable efficacité. Et trente minutes plus tard, nous voyons débarquer deux types en uniforme qui nous escortent jusqu'à son cabinet.

— Je règle deux-trois trucs et je m'occupe de vous, nous dit-elle en guise d'accueil.

Pas un sourire, pas un mot plus haut que l'autre, même pas un bonjour. Dans la salle d'attente, encadrés par les deux policiers, Suzanne et Marcel sont tellement tassés sur eux-mêmes qu'on dirait qu'ils ont rétréci.

Par la porte entrouverte, j'entends la juge passer un savon au téléphone. J'ai l'impression que son interlocuteur est Paul Plimpier… mais je croise le regard de Suzanne sans oser lui poser la question.

— Voilà la situation, nous annonce-t-elle quelques instants plus tard. Votre mère ne peut pas rentrer du

Luberon avant demain matin et votre père a quitté son salon de produits bio en urgence pour venir vous chercher. Seulement moi, je ne passe pas la nuit ici. S'il n'est pas dans mon bureau avant vingt heures dernier carat, ces messieurs de la police vous emmèneront passer la nuit au foyer des *Magnolias* et il vous récupèrera demain matin.

Les Magnolias, cette maison emplie d'enfants tristes, qui traînent leurs histoires comme les bagnards leur boulet ! J'ai déjà donné, juste après la mort de mes parents. Non merci, même pas pour une nuit ! Mais un froncement de sourcils de la juge suffit à faire mourir toute protestation sur mes lèvres.

Pourvu que Paul arrive ! Et vite ! Pendant les deux heures qui suivent, je regarde avec angoisse la grande horloge de la salle d'attente avancer par saccades à chaque minute. Personne ne dit mot. Les policiers sont allés se chercher des sandwichs, mais n'ont pas pensé à nous en proposer. J'ai l'impression que la Farçon a fini sa journée. Ça y est : elle éteint son ordinateur. Oh non, pas *Les Magnolias*… Il n'est même pas huit heures… Elle s'approche de moi.

— Avant que vous ne partiez, j'ai un truc à te dire, m'annonce-t-elle à voix basse. Je ne sais pas trop comment te l'annoncer mais… Voilà : après en avoir longuement discuté avec ton oncle, nous avons décidé de… de vendre l'appartement de tes parents.

Cette fois, elle guette ma réaction comme si elle se souciait vraiment de moi.

— J'imagine que ça te fait de la peine.

— Évidemment…

— Mais c'est pour ton bien, tu sais…

— Oui, l'argent de la vente me reviendra, Papa et Maman me l'ont déjà dit.

Là, elle reste sans voix et doit se demander quand j'ai bien pu avoir une telle discussion avec eux. Mais à cet instant, Paul Plimpier fait une entrée en trombe dans la salle d'attente. Il se jette sur nous pour nous serrer dans ses bras. Je suis à la fois saisie de ce geste, dont j'ai perdu l'habitude, et heureuse qu'il n'ait fait aucune différence entre ses deux enfants et moi.

— Mes aventuriers, je vous aime, murmure-t-il.

Je me blottis sans réserve contre lui.

— Dis, Papa, quand est-ce qu'on s'en va ? s'inquiète Suzanne.

— Ah oui, renchérit Marcel. Quittons vite Paris !

— Vous avez raison, les enfants. Allez hop, on rentre à Julles !

— Pas si vite, monsieur Plimpier, intervient sèchement la juge. Je trouve que votre épouse et vous avez fait preuve de beaucoup de légèreté dans cette affaire. Abandonner plusieurs jours des enfants mineurs, dont une orpheline que je vous ai confiée personnellement ! Je me demande sérieusement si je dois vous la laisser à nouveau.

J'ai l'impression que la Farçon va transformer en pierre d'un seul regard celui qui osera la contredire. Ce qui ne m'empêche pas d'essayer quand même :

— Mais, madame la juge... Je suis bien chez les Plimpier, moi.

— Toi, tu n'es pas encore à même de décider ce qui te convient le mieux... Et c'est d'ailleurs pour ça qu'il y a des juges comme moi !

Puis, se radoucissant, elle ajoute :

— Bon, bon, c'est d'accord : Coquelicot, tu repars à Julles. Mais que les choses soient claires : c'est *uniquement* parce que ton oncle est injoignable et que je n'ai pas d'autre solution pendant les vacances. Vous avez beau être sympathique, monsieur Plimpier, ce que vous avez fait est extrêmement grave. J'espère que vous vous en rendez compte. Nous déciderons au retour de

Joseph Tourtour si nous pouvons laisser Coquelicot chez vous…

— Vous voulez dire que je vais encore devoir me trouver une nouvelle famille sur *famillealessai.com* ?

— On verra… Pour le moment, on ne peut pas dire que ce site ait vraiment répondu à nos attentes ! Quant à vous, monsieur Plimpier, je ne comprends même pas qu'ils aient pu vous agréer pour garder des enfants…

Épilogue

— Ça y est, j'en tiens un ! Il est énorme ! annonce fièrement Marcel.

Au bout de sa ligne frétille un éclair argenté. D'un geste expert, il détache le poisson de l'hameçon pour le mettre dans un seau rempli d'eau claire, dans lequel deux autres tournent déjà.

— Pas si énorme que ça, marmonne Suzanne, vexée.

— Plus gros que les vôtres en tout cas, réplique Marcel avec un clin d'œil appuyé.

Évidemment, puisque Suzanne et moi n'avons rien attrapé depuis que nous sommes installés au bord de la rivière. C'est la première fois que je pêche et on ne peut pas dire que je me montre très douée, même avec la canne toute neuve que Paul m'a confectionnée. Et puis, je dois avouer que l'idée d'accrocher un asticot au bout d'un hameçon… Beurk ! Suzanne s'est moquée de moi, mais elle était très contente que Marcel le fasse à sa place.

Assis sur des rochers moussus, entourés d'arbres, nous pourrions être à des milliers de kilomètres de toute civilisation, revenus des milliers d'années en arrière, comme les Cro-Magnon de Bernadette. J'imagine déjà sa réaction quand je lui expliquerai comment ces pauvres poissons sont attrapés…

Je regarde les hirondelles passer et repasser en virevoltant au-dessus de nos têtes, et je me dis que la fin des vacances approche. Au fond de la rivière, j'aperçois enfin une ombre approcher de ma ligne. Viens, petit poisson, viens t'accrocher à mon hameçon ! Dans les fourrés derrière nous, un bruit se fait entendre. Je suis trop absorbée par ma pêche.

— Alors, ça mord ? lance quelqu'un.

Cette fois j'ai sursauté : cette voix, je la reconnais ! Impossible que ce soit lui et pourtant… Qui vient de surgir dans la clairière ? Mon oncle Jo ! Paul et Natasha marchent derrière lui, les bras chargés des paniers du pique-nique.

Sans plus m'occuper du poisson, je lâche ma canne, je m'élance vers lui et je l'embrasse sans y penser.

Oups ! Je n'en reviens pas de m'être permis un tel geste… et le vieux Jo a l'air encore plus surpris que moi. Mais au bout de quelques secondes, il me serre dans ses bras.

— Moi aussi, Coquelicot, je suis content de te retrouver.

Un doute horrible me saisit et je me détache de lui :

— Vous êtes venu pour m'emmener ?

Me tenant par l'épaule, l'oncle Jo m'entraîne un peu plus loin le long de la rivière.

— Pas tout de suite, Coquelicot, pas tout de suite. Les Plimpier m'ont invité et nous allons passer une très belle journée ensemble. Ce sont vraiment des gens épatants, tu sais.

— Bien sûr que je le sais… Paul et Natasha sont super. Et j'adore Suzanne et Marcel. Mais, pour une fois que je trouve une famille qui me plaît, vous ne voulez pas que je reste.

— La juge Farçon a été intraitable. Elle trouve que les Plimpier n'ont pas été à la hauteur et elle avait pris sa décision avant même de m'en parler.

— Vous pourriez peut-être la faire changer d'avis ?

— On dirait que tu ne la connais pas ! Cette femme est plus têtue qu'une mule. Et puis, je dois t'avouer que ça m'arrange… Je pourrais te voir plus souvent si tu habitais près de Paris.

— Vous… vous savez déjà où vous allez m'expédier ?

— T'expédier ? Mais personne ne parle de toi comme si tu étais un paquet, Coquelicot. Et rien n'est encore décidé. Nous avons rendez-vous la semaine prochaine chez la juge Farçon pour te trouver une nouvelle famille d'accueil.

— Avec *famillealessai.com* ?

— Si tu y tiens...

— Et j'aurai mon mot à dire?

L'oncle Joseph me gratifie d'un large sourire.

— Bien évidemment...

Sans plus poser de questions et pour la première fois, je lui prends la main. Il ne la lâche pas. Quand nous revenons à la clairière, les Plimpier ont déjà posé une couverture sur laquelle s'étalent couverts et victuailles. C'est l'un des meilleurs pique-niques de ma vie et je voudrais que cette journée ne finisse jamais...

La plage est paradisiaque, un ruban de sable blanc bordé de palmiers, longeant une eau turquoise qui se perd dans un ciel sans nuages. Il fait chaud et, bizarrement, je suis une fois de plus en pyjama... Devant moi, deux transats font face à l'océan.

Je me glisse entre eux. Papa se prélasse dans celui de gauche, Maman dans celui de droite.

— J'ai eu très peur que vous me laissiez seule après la vente de l'appartement, vous savez...

— Tu sais bien que nous serons toujours là pour toi, réplique Maman.

— Tant que tu penseras à nous, ajoute Papa.

— Bernadette trouve que c'est trop bizarre de parler aux morts, mais moi, je suis quand même vachement contente de vous voir !

— Comment va-t-elle, cette chère Nadette ?

— Depuis que Paul a fait réparer mon téléphone, elle n'arrête pas de me bombarder de messages. Elle s'est mis en tête de me trouver un nouveau point de chute sur *famillealessai.com*. Je me demande si je ne préférais pas quand nous étions fâchées… Non, je plaisante ! Et je ne vous l'ai pas dit, mais chez les Plimpier, tout le monde a un portable maintenant. Même Amphibie en a un en caoutchouc qu'il trimballe partout.

— Tout se passe bien, en somme.

— Oui, mais les vacances se terminent. Demain matin, on repart à Paris avec oncle Jo. Les Plimpier sont super-gentils, c'est une famille d'accueil géniale, mais je ne reste pas chez eux…

— À cause de votre expédition à Paris ?

— Entre autres, oui… En tout cas, ce voyage a quand même eu un effet positif : depuis leur retour, Suzanne et Marcel m'ont l'air plus à l'aise dans leurs baskets. Je crois qu'ils ont compris qu'ils étaient bien mieux ici, à Julles.

— « À chaque arbre son terreau, du chêne au sureau », conclut Papa sentencieusement.

— Le quatrième principe du colonel Ploum ! Mais oui, bien sûr, ce n'est pas un simple conseil de jardinage...

— Tu en auras mis du temps pour comprendre ! ironise Maman.

À cet instant, le soleil tombe dans la mer comme une pierre. Le paysage se dissout dans une nuit sans lune. Je me réveille de très bonne humeur.

Avis de CONCOURS !

Tu as aimé ce roman, et tu te demandes dans quelle nouvelle famille Coki va encore être accueillie ?

C'est à toi de le choisir !
Va vite sur le site

www.famillealessai.com

et décide, d'après les différentes présentations, la famille qui te plaît le plus pour le tome 4 :

Ton choix est important, le destin de Coki en dépend !

Certifié PEFC
Ce produit est issu de forêts gérées durablement et de sources contrôlées.
PEFC 10-31-3068
pefc-france.org

N° éditeur : 2017/0312
Dépôt légal : septembre 2017
Achevé d'imprimer en Espagne, en août 2017 par Blackprint CPI